Colère de flic

Guillaume Lebeau
En collaboration avec David Ponchelet

Colère de flic

Flammarion

87, quai Panhard-et-Levassor
75647 Paris Cedex 13

ISBN : 978-2-0814-1879-3

Introduction

Convoqué à l'IGPN

Je me souviendrai longtemps de ce 3 novembre 2016. Il fait froid. Je suis fébrile, tendu. Trois jours auparavant, j'ai reçu un appel téléphonique :

« Monsieur Lebeau Guillaume ?

— C'est bien moi.

— Je suis le commandant X, de l'Inspection générale de la police nationale. Vous êtes convoqué le 3 novembre, à 14 h 30, pour audition. »

Le jour J, devant le 30 rue Hénard, dans le XIIe arrondissement de Paris, alors que je m'apprête à entrer dans les locaux de l'IGPN, la police des polices, des centaines de flics en colère sont massées. Mobilisés *via* les réseaux sociaux par un formidable élan de solidarité, ils sont venus me soutenir, m'épauler en ce moment difficile. Certains dissimulent leurs visages derrière des masques blancs pour préserver leur anonymat. D'autres, en civil, portent le brassard « Police ». Ils agitent des drapeaux français sur lesquels est inscrit en lettres noires « POLICIERS EN COLÈRE ». Les collègues entonnent *La Marseillaise*.

De nombreux badauds sont rassemblés sur les trottoirs, étonnés par ce rassemblement peu ordinaire de policiers. Une passante qui assiste à la scène lance un réconfortant : « Bravo mes poulets. Merci pour notre sécurité. » Je suis infiniment reconnaissant de toutes ces marques de soutien. Je suis inquiet, aussi. Je m'apprête à vivre des heures pénibles. Moi, le flic qui aime son métier et qui veut par-dessus tout le défendre, je me retrouve dans le rôle de l'accusé. Je vais être interrogé, cuisiné, auditionné pendant des heures par d'autres flics, ceux de l'IGPN.

Que me reproche-t-on ? Depuis quinze jours, je suis devenu, sans le vouloir, l'un des porte-parole des policiers en colère. Le mouvement de grogne se traduit par des manifestations quotidiennes. En quelques jours, il a gagné tout le pays, pris de court la hiérarchie, les politiques, les syndicats et il suscite la sympathie de l'opinion publique. Les flics n'en peuvent plus d'être pris pour cible, stigmatisés, blessés, déconsidérés, pressurisés. Nous sommes essorés. Ras-le-bol. Manque de moyens. Danger. Police secours, police au secours. Mais voilà, les policiers français ont uniquement le droit de manifester hors service et sans effets administratifs. C'est pourquoi, lors des premiers rassemblements de colère, nous portions tous des cagoules. Peur d'être reconnus, sanctionnés, blâmés. Mais les manifs de cagoulés n'ont pas bonne presse. Un soir, j'ai osé dévoiler mon visage devant les journalistes pour répondre aux interviews, exhibé ma carte professionnelle pour bien faire comprendre que nous sommes d'authentiques policiers, ni usurpateurs, ni manipulés, ni politisés. En colère, simplement. Très en colère. La hiérarchie n'aime pas les têtes qui dépassent. C'est donc la mienne qui devient la cible. Après une première convocation chez le préfet, me voici donc invité à m'expliquer chez les « bœuf-carottes ». Redoutable invitation.

À l'entrée, je montre ma convocation. On me conduit dans une grande salle de réunion. Autour de la table, un juge administratif et des haut gradés. Ils m'expliquent durant une heure le fonctionnement de l'IGPN et me rappellent les règles : organiser une manifestation, pour un policier, constitue un délit. On fait plus convivial comme entrée en matière !

On m'emmène ensuite dans un petit bureau où m'attendent deux officiers en civil, un homme et une femme. C'est un interrogatoire en règle qui débute. Me voilà de l'autre côté du bureau. Du mauvais côté. « Vous avez le droit de garder le silence, d'être assisté par une personne de votre choix », me précisent-ils. On relève mon identité complète. Nom, prénom, filiation, profession, adresse, enfants, décorations, permis de conduire, port d'arme.

Pour l'IGPN et donc la hiérarchie, je suis clairement devenu un gêneur, une grande gueule à faire taire. Officiellement, on me reproche mon « comportement » pendant les manifestations de policiers. Un responsable hiérarchique, sous couvert de l'anonymat, a expliqué au préalable à quelques journalistes que cet entretien n'avait pas de caractère disciplinaire, mais serait simplement « pédagogique ». La popularité de notre mouvement auprès des citoyens contraint le gouvernement et la hiérarchie à prendre des pincettes.

En fait de pédagogie, ils décortiquent tous mes agissements depuis le début du mouvement et me reprochent un manquement à la déontologie : je me suis exprimé publiquement à plusieurs reprises et j'ai dénoncé les problèmes que nous rencontrons tous, nous les policiers de terrain. Les officiers de l'IGPN me diffusent des extraits de mes interviews à la radio et à la télé, des captures d'écran de mon compte Facebook, des messages appelant à des rassemblements nocturnes de policiers. « Êtes-vous le meneur ? Est-ce vous qui organisez cela ? Avec qui ? Pourquoi dites-vous ceci ou cela ? Que ferez-vous à l'avenir si on vous donne l'ordre de disperser une manifestation ? »

L'IGPN cherche sans nul doute une « tête » à couper. Pourtant je ne suis pas « le cerveau de l'opération », juste un maillon de la chaîne. Je n'ai désobéi à aucun ordre, contrevenu à aucune obligation légale. J'exerce ma profession dans le respect du code de déontologie.

Durant ce face-à-face plutôt tendu, même s'ils ne semblent pas hostiles, je leur explique que je me considère comme un lanceur d'alerte. Ils me regardent, éberlués. J'ai pris soin d'apporter la définition exacte de ce terme, telle que définie par l'organisation non gouvernementale Transparency International : « Le lanceur d'alerte est une personne qui, dans le contexte de sa relation de travail, signale un fait illégal, illicite et dangereux, touchant à l'intérêt général, aux personnes ou aux instances ayant le pouvoir d'y mettre fin. Les lanceurs d'alerte ont contribué, ces cinquante dernières années, à une meilleure information des citoyens et ont permis de prévenir scandales et tragédies, de préserver biens publics comme vies humaines et contribuent de manière plus générale au bon fonctionnement démocratique. Dernier recours lorsque les contrôles sont défaillants, ils jouent un rôle fondamental dans la lutte contre la corruption. Pourtant, comme en témoignent de nombreux exemples dans l'actualité, ils restent la cible d'intimidations, de menaces et de représailles : licenciement, procès en diffamation, harcèlement. »

Dans les interviews que j'ai accordées, je n'ai fait que dénoncer des faits avérés : nos gilets pare-balles sont parfois hors d'usage. C'est le cas de celui que je porte quotidiennement, lors de mes patrouilles. Il a été décidé de le mettre au rebut il y a deux mois. Depuis, j'attends qu'il soit remplacé. Dans ma brigade anti-criminalité de Gennevilliers, nous avons été dotés de matériel pour intervenir en cas d'attaque terroriste, mais nous n'avons pas reçu la formation adéquate.

Les deux policiers en face de moi ne font aucun commentaire. J'ai touché juste.

À l'issue des six heures d'entretien, je ressors enfin à l'air libre. La nuit est tombée depuis longtemps. Quelques dizaines de collègues m'ont attendu vaillamment malgré le froid glacial et saluent ma sortie à grand renfort de *Marseillaise*. Je ne les remercierai jamais assez pour ce soutien. De nombreux journalistes ont également attendu pour connaître l'issue de l'entretien. Ils m'interrogent : « Une sanction a-t-elle été prononcée ? » « Êtes-vous averti, suspendu, révoqué ? » Rien de tout cela. Je leur rétorque n'avoir pas subi de pression particulière, aucune sanction ne m'a été signifiée et aucun délai ne m'a été précisé concernant une éventuelle sanction. « Vous regrettez d'avoir parlé ? » me demande un journaliste. « Non, pas du tout, il fallait que quelqu'un ose dire tout haut ce que tous les autres policiers pensent. » « Et maintenant qu'allez-vous faire ? » m'interroge un autre journaliste. « Dès demain, je ferai mon métier de policier, sur le terrain, à la BAC 92. »

Aujourd'hui, je suis toujours un policier en colère. Voici mon histoire. C'est aussi celle des 144 000 fonctionnaires de police qui assurent chaque jour la sécurité des Français.

I

UN POLICIER EN DEVENIR

1

Policier et fier de l'être

« C'est quoi ton métier, papa ? »

Quand ma fille de 5 ans m'a posé cette question, je lui ai simplement répondu « policier ».

« Tu cours après les méchants ?

— Oui, c'est ça.

— Tu les tues ?

— Non, un policier ne tue pas les gens. »

Venant d'un enfant, la question est parfaitement anodine. La réponse devrait l'être aussi. Mais dans mon métier, elle ne l'est pas. Nombreux sont ceux qui n'osent pas dire à leurs enfants quelle est leur véritable profession. Sur les réseaux sociaux, dans les groupes de discussion privés entre membres des forces de l'ordre, j'ai été surpris par l'ampleur du phénomène. Certains racontent alors à leurs enfants qu'ils travaillent dans l'informatique, certaines qu'elles sont secrétaires… Que craignent-ils ? Que leurs enfants soient victimes des moqueries de leurs camarades à l'école, qu'ils soient mis de côté. Mais aussi que les enseignants eux-mêmes les prennent en grippe. Pourquoi ? Parce qu'il paraît qu'un flic est forcément d'extrême droite, raciste, qu'il n'aime pas les Noirs et les Arabes. L'autre grande crainte, c'est qu'ils ne soient victimes de représailles de la part des « méchants » derrière lesquels courent les policiers dans l'imagination des enfants.

Ils vivent ainsi, cachant leur métier de gardien de la paix. Ils ne rapportent jamais leur uniforme à la maison, leur arme de service non plus. De toute façon, se rendre le matin au travail en tenue est désormais interdit. Il y a eu trop d'agressions.

D'une manière générale, j'ai de nombreux collègues qui, en raison de leur profession, ont une vie sociale assez limitée. Ils parlent peu aux voisins, sortent rarement, fréquentent uniquement d'autres policiers.

Je les comprends. Après des affaires médiatisées, j'ai souvent vécu ce moment où, lors d'un repas entre amis, l'un lance : « Bravo la police, vous avez encore violé quelqu'un la semaine dernière ! » Nous sommes sans cesse tenus de nous justifier, d'expliquer que ce n'est pas parce qu'il y a une affaire de ce type sur des milliers d'interventions que les 144 000 flics de France sont des salauds.

Mutations obligent, bon nombre de collègues vivent seuls et cherchent l'âme sœur sur des sites de rencontres. La plupart n'indiquent pas leur profession. Et quand une relation est amorcée, il n'est pas rare qu'elle tourne court lorsque l'autre découvre le pot aux roses : « Tu es flic ? Désolé, j'aime pas les flics. »

Oui, aussi ahurissant que cela puisse paraître, c'est une réalité en France en 2017 : être policier ne se dit pas facilement, même à ses propres enfants.

Nous ne sommes pas préparés à cela. En entrant à l'École nationale de police, un gamin croit qu'il va faire le bien, régler les problèmes, assurer la sécurité publique. Mais cacher son métier, subir les appels à la haine et à la violence contre les forces de l'ordre sur les réseaux sociaux, c'est à cela qu'il doit s'attendre. À des messages comme celui-ci, trouvé sur Facebook : « Il faut tous les niquer ces flics de merde, ces flics de pute. On les détruit. »

Moi, j'ai « avoué » à ma fille mon vrai métier parce que j'habite loin de Gennevilliers, où je travaille. Parce que la ville dans laquelle je réside est tranquille. Mais aussi parce que je n'ai pas honte d'être policier. C'est même ma vocation.

Nom : Lebeau.

Prénom : Guillaume.

Né en 1985, à Saint-Benoît, île de La Réunion.

Signe particulier : je suis policier, flic, poulet, condé, keuf, képi.

À Gennevilliers, dans les Hauts-de-Seine, les petits délinquants que je croise chaque jour l'ignorent sans doute, mais le terme exact, celui qui m'a donné envie d'exercer ce métier, c'est « gardien de la paix ».

Je suis né en 1985, sur l'île de La Réunion, à 10 000 kilomètres de l'Hexagone et de Gennevilliers. J'ai passé les dix premières années de mon existence à Saint-Benoît, dans l'est de l'île, là où les fortes pluies tropicales sont les plus fréquentes. Je n'ai jamais connu mon père. Ma mère avait 21 ans à ma naissance. Elle ne travaillait pas. Nous n'avions pas de maison à nous. Jusqu'à mon onzième anniversaire, nous avons vécu tantôt chez ma grand-mère, tantôt chez mon arrière-grand-mère. Même si nous vivions avec peu d'argent (ma mère percevait simplement des allocations et des aides sociales), j'ai des souvenirs heureux de mon enfance. Un petit cadeau à Noël, un autre pour mon anniversaire.

Dès le début, à la maternelle Bois-Joli, puis à l'école primaire Les Girofles de Saint-Benoît, j'ai été bon élève. Je ne sais pas vraiment expliquer pourquoi. L'école, c'était facile. J'ai toujours été parmi les premiers. Le collège et le lycée se sont déroulés sans encombre. En seconde, au lycée Sarda-Garriga, j'ai choisi de m'orienter vers un bac STT : comptabilité-gestion. Bac obtenu avec la mention bien. Après, j'avais plusieurs possibilités. J'étais accepté dans un BTS, dans une prépa d'école de commerce ou à la fac. Mais j'ai choisi, à 18 ans, de passer le concours d'entrée dans la police.

Quand j'étais *marmaille* – c'est comme cela qu'on appelle les enfants en créole réunionnais –, je voulais être ingénieur, pilote d'avion, vétérinaire ou policier. J'ai toujours eu cela dans un coin de la tête. En classe de sixième, je me souviens avoir consulté des fiches d'orientation qui présentaient différents métiers. Sur la fiche « policier », le gros bémol à mes yeux était le salaire : 6 000 francs (950 euros). Cela m'avait refroidi ! À l'époque, le concours de gardien de la paix était accessible sans bac. Ce sont des copains du lycée qui m'ont un jour proposé de le passer avec eux. Je leur ai demandé : « Vous savez ce que c'est, gardien de la paix ? » Un de mes *dalon* – copain en créole – m'a répondu : « C'est juste pour garder les prisons. » J'ai bien rigolé. Finalement, avec deux copains, on s'est inscrits au concours.

En ce temps pas si lointain, sur mon île, les policiers étaient bien considérés. C'était un métier respecté et respectable. Lorsqu'on les voyait patrouiller, ils nous impressionnaient, et avec mes potes nous ne faisions pas les malins. Pour le marmaille que j'étais, un policier c'était quelqu'un qu'on était content de voir arriver parce qu'il venait régler les problèmes. Tenir tête à un policier, cela ne me serait même pas venu à l'esprit.

Vers 11 ou 12 ans, entraîné par deux copains, j'ai pourtant fait une « grosse » bêtise qui m'a conduit au commissariat. C'était l'époque où les rappeurs de NTM chantaient leur fameux *Nique la police*. Un de mes amis du collège avait proposé d'appeler le 17 pour balancer quelques insultes. Nous nous sommes installés dans une cabine téléphonique située... juste en face du commissariat. Mon pote a composé le 17 et a proféré quelques noms d'oiseaux. Nous n'avons même pas eu le temps de raccrocher le combiné qu'un policier venait nous cueillir. Il nous a attrapés. Au poste, les trois marmailles ! Nous n'étions pas très fiers. Nous avons eu droit à une bonne engueulade et le CPE du collège a été averti. Heureusement, sur la fiche de renseignements du collège, le numéro de téléphone de ma mère était sans doute erroné et elle n'a jamais été mise au courant. Elle qui avait peur que je ne devienne un *kaniar* – voyou en créole –, elle aurait très mal pris cette stupide blague d'adolescents désœuvrés. Je suis toujours resté du bon côté, mais j'ai pu constater que la limite entre le bon et le mauvais côté est parfois étroite.

Aujourd'hui, lorsque je vais à La Réunion en vacances, je retrouve mes amis d'enfance. Sur l'île, le taux de chômage est deux fois plus élevé que dans l'Hexagone. Peu d'entre eux ont un véritable emploi. Pour s'en sortir et arrondir les fins de mois, certains vivent de petits trafics et du *zamal* (l'herbe locale) qui pousse dans le jardin.

À La Réunion, avoir un ami policier n'est pas une honte. Être flic n'est pas une tare. Mes amis de là-bas, dans l'ensemble, sont même fiers de ce que je suis devenu. Alors qu'ici dans l'Hexagone, mes collègues voient leurs amis d'enfance leur tourner le dos. « Tu deviens quoi ? Policier ? » Les visages se décomposent alors. C'est particulièrement vrai chez les 18-30 ans, les jeunes adultes.

Il est vrai que les amalgames aidant, les « affaires » ternissent la réputation du métier. Après l'affaire Théo, on a beaucoup entendu dire que les policiers étaient tous des salauds et des violeurs.

2

Concours d'entrée

Pour pouvoir passer le concours de gardien de la paix, plusieurs conditions sont nécessaires : être âgé de 17 à 35 ans, être de nationalité française, mesurer plus d'un mètre soixante, avoir une bonne vue (quinze dixièmes pour les deux yeux), une bonne condition physique (avec un indice de masse corporelle compris entre 21 et 30), avoir accompli la journée « Défense et citoyenneté », et évidemment ne pas avoir de casier judiciaire.

En février 2003, lorsque j'ai passé le concours d'entrée, nous étions d'abord convoqués pour une épreuve écrite. Je l'ai passée à Saint-Denis, sur mon île. Le Parc des expositions, qui accueille ordinairement le Salon de la maison ou celui du mariage était pour l'occasion transformé en immense salle d'examen. Des tests psychotechniques, un questionnaire à choix multiples, des questions de culture générale. On nous demandait par exemple le nom du président de la République ou le rôle du Conseil constitutionnel. Ce n'était vraiment pas difficile. Même s'il est désormais obligatoire depuis le 1er janvier 2006 d'avoir le bac pour passer le concours, les épreuves n'ont pas beaucoup changé. Pour preuve, quelques questions de l'examen 2016 :

Qu'est-ce qu'un cruciverbiste ?

A- Le bourreau chargé des crucifixions
B- Un membre du clergé
C- Un amateur de mots croisés

Quel grade n'existe plus dans la police nationale ?

A- Major de police
B- Commissaire de police
C- Inspecteur de police

À la fin de ce livre, vous trouverez l'un des questionnaires à choix multiples du concours 2016. À vous de voir si vous seriez capable d'endosser l'uniforme !

J'ai ensuite été convoqué pour la deuxième partie du concours : des tests physiques d'abord. Une sorte de parcours du combattant chronométré, destiné à vérifier la motricité du candidat. Je ne croyais pas être particulièrement sportif. Mais à La Réunion, les marmailles font du sport sans même s'en rendre compte : foot, vélo, centre aéré, randonnées au volcan ou dans le cirque de Mafate. Je m'en suis bien tiré.

L'ultime épreuve, l'oral, s'est déroulée à Malartic, au commissariat central de Saint-Denis. Face à moi, deux gradés et un psychologue.

« Pourquoi voulez-vous devenir policier ?

— Je crois que j'ai la vocation. Pour être au service du public, rendre service à la population. Interpeller des gens qui ont commis des délits.

— Quelles sont vos qualités ?

— La motivation, la persévérance, je suis de bonne composition et j'aime travailler en équipe.

— Vos défauts ?

— … »

Je me souviens que j'ai séché sur cette question ! J'avais 18 ans…

Le dialogue a continué avec le jury. Je leur ai demandé si devenir policier impliquait nécessairement de quitter La Réunion.

« L'école de police est dans l'Hexagone, à Nîmes, dans le département du Gard. Et votre première affectation sera nécessairement en métropole. Les affectations à La Réunion sont rares : il y a peu de postes qui se libèrent chaque année. Beaucoup de Réunionnais veulent rentrer au pays. Il y a donc beaucoup de demandes et peu d'élus.

— Combien de temps devrai-je rester en métropole avant d'espérer revenir à La Réunion ?

— … Environ… cinq ans. »

J'ai reçu un courrier quelques semaines plus tard. Admis au concours. Quatre centième sur 2 200 candidats. En janvier 2004, je reçois un second courrier. « Vous êtes convoqué pour votre entrée à l'École nationale de police de Nîmes le 1er mars 2004. Vous disposez de 15 jours pour nous confirmer votre souhait d'intégrer l'école. »

Même si je m'attendais à cette convocation, je me suis alors posé pas mal de questions. Partir à 10 000 kilomètres, loin de la famille, des amis… Le froid… Ne pas revenir chez moi avant cinq ans…

Finalement, après une semaine de réflexion, j'ai confirmé mon souhait d'intégrer l'école le 1er mars. Et j'ai pris un billet d'avion. Aller simple. Cela fait bizarre de prendre un aller sans retour lorsqu'on a 18 ans.

J'étais allé une seule fois en métropole, au mois de juillet, pour des vacances. À La Réunion, en février, c'est l'été. Le thermomètre dépasse allègrement les 30 °C. Impossible de trouver un magasin qui vende des manteaux. Et bien sûr, je n'en avais pas. Je me suis donc contenté d'acheter deux ou trois pulls. Dans la tête d'un Réunionnais, un tee-shirt à manches longues, c'est déjà très chaud !

J'ai donc pris l'avion pour Marseille, où m'attendait mon oncle, mon seul point d'attache dans l'Hexagone. Il est infirmier et vit à côté de Toulon. À mon arrivée à l'aéroport de Marseille-Marignane, en sortant de l'avion, j'ai d'abord eu l'impression, en attendant mes bagages, que le froid n'était finalement pas si terrible. Retrouvailles et embrassades avec mon oncle, et nous voilà partis pour monter en voiture. C'est lorsque les portes de l'aéroport se sont ouvertes que j'ai eu le vrai choc. 7 °C. Je n'avais jamais connu pareille température. Et j'ai vite compris que mes deux pauvres pulls, même enfilés l'un sur l'autre, ne suffiraient pas. J'ai demandé à mon oncle où était la voiture, et j'ai sprinté pour m'y mettre à l'abri. Il rigolait, lui qui

n'existait plus ! Tout ça est provisoire, nous explique-t-on. Des travaux sont prévus. Ce n'est qu'un avant-goût des problèmes de matériel et de maintenance que connaît la police, mais cela, je ne le sais pas encore.

L'une des premières formalités est la visite médicale. Rien d'extraordinaire, si ce n'est qu'on traque les tatouages apparents. Au début des années 2000, ce n'est pas encore très à la mode, mais il y en a. Il ne faut pas que les tatouages sur les bras soient visibles en chemisette, sinon prière de se les faire retirer. Aujourd'hui, les tatouages sont plus fréquents et la police tente de s'ouvrir comme elle le peut à cette mode qui touche toutes les classes sociales. Une note sur ce point serait même en cours d'élaboration.

La formation dure une année, de mars à mars. Depuis 1993, la scolarité se déroule sur le principe de l'alternance entre cours théorique à l'école et stages dans des commissariats. Les cinq premiers mois se passent entièrement à l'école de Nîmes. C'est à ce moment qu'on apprend les bases du métier. Ensuite vient une période de stage, d'environ trois mois, sur le terrain. Puis c'est un retour à la théorie durant deux mois. Enfin, un nouveau mois de stage, avant d'achever la formation à l'école pour obtenir le diplôme et choisir sa première affectation.

Sur l'ensemble de ma section, trente élèves encadrés par un formateur et un moniteur de sport, personne n'a été éliminé durant l'année. Mais deux ou trois ont abandonné dans les trois premiers mois. Le premier ne supportait pas l'éloignement : il habitait Paris. Et moi qui vivais à 10 000 kilomètres… Les autres trouvaient la discipline trop stricte. Partir dans les trois premiers mois de la formation est préférable. Les jeunes recrues s'engagent en effet à exercer le métier de gardien de la paix durant quatre ans minimum. L'élève qui met fin à sa scolarité au-delà des trois premiers mois, ou le titulaire qui choisit de démissionner dans ces quatre premières années, doit reverser une somme forfaitaire à l'État pour rembourser une partie de ses frais de formation.

À l'école de police, la journée est divisée en deux parties. Le matin est consacré à la formation sportive et technique, et l'après-midi aux cours théoriques. L'enseignement général représente 576 heures sur l'ensemble de la scolarité.

Chaque journée commence à 7 h 50 avec le même rituel : levée des couleurs, le drapeau tricolore. Les cours débutent dix minutes plus tard, à 8 heures. La discipline est naturellement de rigueur. Lors des cours, les élèves se lèvent lorsque entrent les formateurs.

Les épreuves sportives comptent pour 30 à 40 % de la note finale. Nous faisons beaucoup de course à pied. À l'époque, l'objectif est de parcourir 3 000 mètres en moins de 13 minutes pour avoir la moyenne. Aujourd'hui, l'évaluation est basée sur le test de Luc Léger : pendant 15 à 20 minutes, il s'agit de faire des allers-retours entre deux plots distants de 20 mètres, en accélérant progressivement sa vitesse. Cela permet de mesurer sa consommation maximale d'oxygène. La course à pied n'est pas la discipline dans laquelle je me sens le plus à l'aise, car je souffre de tendinites au genou à répétition.

Nous sommes formés aux techniques de police, les GTPI, gestes techniques et professionnels en intervention : menottage, palpations, self-défense, boxe française, combat au sol, maniement du bâton de police (le tonfa), secourisme. Le tir a également une place importante. Les armes que nous utilisons sont le pistolet-mitrailleur, le Manurhin (qui n'est plus en service aujourd'hui) et le SIG Sauer (l'arme des policiers actuellement). On nous dit, on nous répète, on nous martèle que notre première arme n'est pas notre revolver, mais notre stylo. Mais si cette formule est répétée chaque jour ou presque, on ne nous explique jamais réellement ce qu'elle recouvre. Il est vrai, avec le recul, qu'un policier utilise très peu son arme et bien davantage son stylo pour prendre des notes et dresser des contraventions. L'objectif est de nous apprendre à faire usage de la force de façon maîtrisée et légitime. Nous apprenons également les techniques « de triangulation » sur une intervention : distance de courtoisie, de sécurité ou de défense.

La formation est intéressante, mais manque cruellement de mise en pratique dans des conditions proches de la réalité. Je m'apercevrai plus tard qu'entre nos exercices « d'application » et le terrain, il y a un monde : les plastrons n'opposent pas de résistance. Les séances de tir se font dans des situations de confort, sans stress, sur une cible en carton parfaitement immobile. À l'école, le « figurant » (un élève policier en général) qui joue le suspect à interpeller est très coopératif : il ne bouge pas et attend gentiment qu'on lui passe les menottes. La légitime défense n'est abordée que de manière purement théorique, nous ne faisons jamais de mise en situation. Dans les exercices scolaires, les personnes interpellées ne tirent jamais sur les policiers, alors que dans la réalité, cela peut arriver, malheureusement… C'est la même chose pour les accidents de la route. Lors de la formation, on nous apprend à mettre en place le « plan accident » prévu par la procédure, mais il n'y a aucune mise en pratique. À aucun moment nous ne sommes formés à l'aspect psychologique de ce type de catastrophe : comment prévenir la famille en cas de décès ? C'est malheureusement sur le terrain, et seulement sur le terrain, que se fera ce douloureux apprentissage.

Pour l'enseignement théorique, la formatrice chargée de notre section est sympathique mais c'est la première fois qu'elle enseigne. Elle n'a que huit ans d'expérience dans la profession (le minimum pour devenir formateur). Auparavant, elle a exercé dans un commissariat de la région parisienne. À nos yeux, elle manque d'expérience. Nous espérions entendre des histoires vécues, des anecdotes qui nous auraient aidés à nous projeter dans la réalité du métier, car nous avons encore du mal à visualiser la journée d'un flic de terrain. Elle en raconte finalement très peu.

Le droit pénal figure en bonne place parmi les enseignements. Comment qualifier un vol, un délit, une contravention, un crime, un viol ? À partir de quel moment une infraction est-elle constituée ? Comment définir ce qu'est un auteur, un complice, etc. Rédiger des procès-verbaux d'audition, des contraventions. Cet apprentissage purement théorique est un gros morceau à avaler, pour nous qui n'avons jamais fait de droit. Il faut bosser dur après les cours. Certains de mes condisciples ont du mal. Rappelons qu'en 2004, il n'est pas nécessaire d'avoir le baccalauréat pour passer le concours d'entrée dans la police, cela ne le deviendra qu'en 2006. D'ailleurs, nous devions tous repasser le bac professionnel « métiers de la sécurité » par correspondance, en parallèle de notre formation de policier. Comme tous les autres, je l'ai eu, même si je n'ai jamais récupéré le diplôme officiel. J'ai donc la particularité d'avoir deux bacs. Outre le droit pénal, nous avons également des cours théoriques sur des thèmes variés : la consommation de stupéfiants, la surveillance des personnes retenues dans les locaux de police, la gestion des toxicomanes, le déferrement d'individus au palais de justice, le port de la ceinture de sécurité ou encore les contrôles d'identité. Nous passons également en revue le code de déontologie du policier qui peut se résumer par un acronyme, LIIDER : Loyauté, Intégrité, Impartialité, Dignité, Exemplarité, Respect.

Après cinq mois d'apprentissage à l'école, vient enfin le premier stage. Tous les élèves attendent ce moment avec impatience pour découvrir enfin la réalité du métier, pouvoir mettre en pratique tout ce que nous avons appris.

Mon premier stage se déroule dans un petit commissariat, à côté de Toulon, pas très loin de chez mon oncle. C'est calme. Trop calme. Désespérément calme pour moi qui ai tant envie d'action ! Après ces cinq mois de formation à Nîmes, je brûle de pouvoir mettre en pratique tout ce que j'ai appris. Or les journées passent, interminables, dans ce bureau où je suis enfermé. Accueil du public (rare). Recueil de plaintes (minimes). Aucune affaire à l'horizon.

Je suis aussi amené à effectuer des missions de base : contrôles routiers, contrôles d'identité, etc. Et je constate rapidement que, dans la vraie vie, les gens n'ont pas envie d'être contrôlés. Ils sont de mauvaise foi, agressifs parfois. À un point qui me surprend. Il n'est pas rare de se faire agresser verbalement. Lors d'un contrôle routier, on entend souvent : « Vous n'avez donc que ça à faire ? Je paye mes impôts et vous m'arrêtez. Vous feriez mieux de chercher de vrais bandits. »

J'ai appris au fil du temps à rester impassible, ne surtout pas commencer à polémiquer. Les gens l'ignorent peut-être, mais nous ne sommes jamais obligés de dresser une contravention. Nous sommes libres de la mettre, ou pas. Personnellement, je ne suis pas un adepte de la verbalisation à tout prix. Il m'est même arrivé d'avoir un avertissement parce que je ne mettais pas assez de procès-verbaux. Le motif est inscrit noir sur blanc sur ma fiche de notation : « Activité contraventionnelle trop faible ». Je reviendrai un peu plus tard sur ces contraventions.

À l'école, on nous enseigne que nous représentons la loi et qu'à ce titre nous avons toujours le dernier mot. Une idée qui est résumée par le fameux : « Force doit rester à la loi. » Dans les faits, l'adage est bien souvent démenti. Je suis aussi confronté à une autre réalité de la police : le manque de moyens. Dans ce petit commissariat, le sous-effectif est chronique. À tel point qu'il est souvent difficile de constituer une patrouille de trois fonctionnaires au minimum.

Tout cela joue sur le moral. J'hésite même à tout plaquer.

Mais quelques jours avant la fin du stage, une mission *a priori* banale me redonne foi en ce métier. Un véhicule volé muni d'une fausse plaque d'immatriculation a été localisé sur un parking de supermarché. Un major expérimenté prend la tête des opérations. Notre mission est d'organiser une « tenaille » pour interpeller les individus qui doivent récupérer le véhicule. Avec le major, nous sommes donc en planque sur le parking, dans une voiture. Aux aguets, ne lâchant pas des yeux le véhicule volé. Deux heures plus tard, deux hommes arrivent. Ils changent les plaques sur le parking et ils montent à bord. Le major donne le « top interpellation ». Nous nous dirigeons au pas de course vers la voiture volée. Un premier suspect part en courant, je file derrière lui. L'autre démarre en trombe et percute le major qui tombe au sol, puis revient pour tenter de l'écraser. Mon collègue fait feu sur le véhicule à deux reprises. Les tirs font heureusement détaler l'agresseur qui prend la fuite au volant du véhicule.

Moi, je cavale comme un dingue derrière le premier type dans un sous-bois. Pendant cette course-poursuite, la première de ma carrière, mon cerveau tourne à 200 à l'heure. Les émotions se bousculent. L'excitation, la peur, l'envie, le courage. Des milliers de questions me traversent l'esprit. Et si le type s'arrête ? S'il sort une arme ? S'il tire ? Je repense à ce que j'ai appris à l'école. Finalement, avec d'autres policiers qui lui filent le train, nous parvenons à le rattraper. Il tombe au sol. Rien ne se déroule comme prévu. Le type se débat. Nous réussissons à lui passer les menottes. C'est ma première affaire, ma première fois ! Depuis le temps que j'attendais ça. Je suis heureux, galvanisé, réconcilié avec le métier que je trouvais mortellement ennuyeux depuis le début de ce stage. Je vais enfin avoir quelque chose à raconter à mes copains de promotion qui me semblent vivre des stages bien plus passionnants que le mien. Le soir, je les appelle pour leur raconter mon aventure. Au retour à l'école, je m'aperçois qu'en réalité c'est moi qui ai vécu la plus grosse affaire de toute ma section.

L'épilogue survient quelques semaines plus tard. Le fuyard qui avait tenté d'écraser le major a finalement été interpellé. Il est mis en examen pour tentative d'homicide sur un policier. Un an plus tard, je serai convoqué par le juge d'instruction pour témoigner.

En définitive, ce premier stage se révèle riche d'enseignements sur le métier que j'ai choisi. Être policier, c'est précisément cela : vivre des jours plus ou moins tranquilles et avoir soudainement à traiter une « grosse » affaire, dans laquelle tout peut arriver. On peut être appelé à intervenir pour une histoire banale, un différend familial par exemple. Mais si le gars nous accueille avec un couteau, l'affaire peut vite tourner au drame. Aucune intervention n'est anodine. Il faut toujours être prêt. Toujours garder en tête que rien ne se passe jamais comme prévu.

Le stage terminé, je retourne à l'école où les cours reprennent. Du droit, beaucoup de droit et du sport. L'école de police, c'est comme une année de fac. Le niveau monte au fil de l'apprentissage. Au démarrage, l'enseignement porte sur des interpellations classiques. Ensuite, cela se complique, on nous apprend par exemple à intervenir sur des vols à main armée. Je retourne à plusieurs reprises dans « mon » premier commissariat pour d'autres stages. Peu à peu, j'entre dans la peau du personnage : je deviens policier.

L'école de police, c'est sérieux, mais les élèves aiment aussi sortir et s'amuser. Nous avons l'autorisation de quitter l'enceinte scolaire le soir, à une condition : rentrer sobres. La procédure est stricte. En cas de doute, le policier de l'accueil fait souffler dans le ballon. Pour éviter cet écueil, on s'arrange : l'un de nous rentre, l'air de rien, en voiture... Les autres, nettement moins sobres, sont cachés dans le coffre. C'est arrivé à plusieurs reprises. Il y a prescription, heureusement !

Certains week-ends de permanence, l'ennui aidant, il nous arrive de faire les quatre cents coups. Un jour, nous sommes entrés à quelques-uns dans le bureau du commandant de l'école, resté ouvert par inadvertance, pour faire quelques photos... insolites. Des selfies, mais pas seulement. Un collègue se fait même photographier dans le plus simple appareil, avec la casquette du commandant et le drapeau ! Des blagues de potaches. Les apprentis policiers sont bien des jeunes comme les autres.

4

L'école est finie

L'année d'apprentissage est sanctionnée par un examen final, avec un classement. Les mieux classés ont le privilège de pouvoir choisir les premiers parmi les postes disponibles. Ce cérémonial se déroule l'avant-dernier jour, dans le grand amphithéâtre. Les postes proposés s'affichent sur le tableau : Nice, Marseille, Lyon… et d'autres dans des régions moins prisées, l'est de la France notamment. Mais traditionnellement, 80 % des postes proposés aux policiers stagiaires sont en région parisienne, et la plupart des fonctionnaires plus expérimentés s'empressent de les quitter dès qu'ils le peuvent.

En ce qui me concerne, je termine à la 400e place sur 2 000. Un résultat médiocre, alors que ma scolarité a été plutôt brillante. Mais j'ai commis une grosse bourde lors du devoir final : l'examen consistait à rédiger un procès-verbal d'interpellation et d'audition. Au moment où j'ai rendu ma copie, j'ai compris que j'avais oublié une phrase clé sur le cadre d'audition. Cette erreur m'a fait perdre vingt points d'un coup et rétrograder de deux cents places au classement ! Peu importe, cela ne m'empêche pas d'obtenir le poste de mon choix, en région parisienne.

En effet, je veux aller en brigade anti-criminalité, de préférence en Seine-Saint-Denis, le fameux 9-3. Je suis persuadé que c'est le plus formateur, car c'est là que le travail est le plus intense, que nous sommes quotidiennement au contact des problèmes d'insécurité. Je veux aussi être le plus près possible de Roissy et de ses avions en partance pour La Réunion ! Autre argument à mes yeux, un poste en Île-de-France donne plus de points pour les futures mutations. Je fais donc le pari que ce choix peut accélérer mon retour sur mon île natale. J'opte finalement pour Gennevilliers. Ce n'est certes pas dans le 9-3, mais dans un département voisin, les Hauts-de-Seine. Il paraît qu'il y a beaucoup à faire, et le commissariat bénéficie d'une bonne réputation.

Arrive le dernier jour d'école et la cérémonie officielle. Nous sommes sur la place d'armes, en tenue blanche, tirés à quatre épingles, arborant pour la première fois nos épaulettes de gardiens de la paix stagiaires. La tradition veut que le président de la République assiste à cette cérémonie, ou qu'il soit représenté par le Premier ministre ou le ministre de l'Intérieur. Honnêtement, je ne me souviens plus qui est présent ce fameux jour, mais l'année d'avant, c'est Jacques Chirac, alors président de la République, qui avait prononcé le discours de sortie de la 197e promotion. Je m'en souviens car il avait bien traduit ce que je ressentais moi-même :

« La cérémonie qui nous rassemble aujourd'hui est pour vous, comme pour moi, un moment solennel. Vous devenez "gardiens de la paix". C'est une belle, c'est une magnifique responsabilité qui vous place au cœur de la vie quotidienne des Français, au plus près d'une société dont vous incarnez toute la diversité, dont vous partagez les idéaux et les espoirs. C'est aussi une responsabilité qui vous distingue. Par votre engagement au service de nos concitoyens et par l'expérience que vous serez amenés à faire de leurs difficultés quotidiennes. Vous allez côtoyer la violence et parfois l'horreur de certains crimes. Vous allez devoir accompagner le désarroi des victimes. Il vous arrivera aussi d'endurer l'hostilité, la malveillance, les manifestations de colère ou de rejet. Cela vous demandera du courage, de la détermination et aussi beaucoup de cœur et d'humanité. Ce qui vous distinguera également, c'est le regard de nos concitoyens. Un regard rempli d'attentes et que vous n'aurez pas le droit de décevoir. Votre comportement devra être exemplaire. C'est la condition de votre autorité et c'est la rançon de la confiance qui vous est faite. »

La Marseillaise clôt la cérémonie. Puis, comme le veut la tradition, nous lançons nos casquettes en l'air. Je ressens une vraie émotion, comme l'ensemble de mes camarades de promotion. Nous sommes désormais policiers stagiaires. J'ai 20 ans. Bizarrement, je n'ai pas souvenir d'avoir signé un contrat de travail. Je n'en ai d'ailleurs jamais signé depuis mon entrée dans la police. J'ai simplement reçu un arrêté lorsque je suis devenu stagiaire. Même chose lors de ma titularisation ou à chaque passage d'échelon. C'est d'ailleurs un sujet de plaisanterie entre collègues, lorsqu'on nous dit : « Vous avez signé pour en chier. » En réalité, nous n'avons rien signé !

Vendredi soir, quelques heures après la cérémonie, la formation est terminée. Nous voici lâchés dans la nature, avec quinze jours pour rejoindre nos affectations respectives. Au téléphone, ma mère, depuis La Réunion, est inquiète : « Pourquoi as-tu choisi Paris ? C'est dangereux ! Tu devrais plutôt travailler dans un bureau ! » Elle a peur. Ce n'est que le début.

II

SUR LE TERRAIN

1

Paris, le choc !

Avant de découvrir notre vraie vie de policiers, nous profitons donc de quelques jours de repos. Mes camarades de promotion rentrent dans leur famille. La mienne est bien loin. Je n'ai pas un sou pour me payer le billet d'avion aller-retour. Je n'ai pas de logement. Mon seul bien, acquis avec les 1 000 euros mensuels que nous touchions à l'école de police, est une Renault Clio d'occasion. Par chance, deux copains de ma section sont affectés à Épinay-sur-Seine, en Seine-Saint-Denis, à la lisière des Hauts-de-Seine. Nous décidons de prendre un appartement en colocation. Grâce à Internet, nous en trouvons un, à Herblay, à quelques kilomètres de là, mais il n'est pas libre immédiatement. En attendant, nous optons pour une chambre dans un hôtel Formule 1, situé porte de Saint-Ouen, à deux pas du marché aux Puces, le long du périphérique nord de Paris. Le choc. C'est la première fois de ma vie que je mets les pieds dans la capitale et je suis stupéfait de ce que je découvre. Venant de La Réunion, pour moi Nîmes était déjà une grande ville. Alors Paris… Mes deux futurs colocataires, provinciaux eux aussi – l'un vient de Cherbourg et l'autre de Corse –, sont également totalement ahuris. En débarquant porte de Saint-Ouen à la nuit tombée, nous avons, pour la première fois, un vrai sentiment… d'insécurité. Tout est différent de ce que nous connaissons. La manière dont les gens sont habillés, parlent, marchent, se comportent. On découvre les sans domicile fixe, la misère du monde. Je n'ai pas assez d'yeux pour tout voir. Jamais je n'ai ressenti une telle impression de dépaysement. Quelque chose me dit qu'on ne va pas s'ennuyer. « Cela risque d'être très compliqué, le boulot ici », commente un collègue. L'autre est aussi tourneboulé et pense même qu'il va falloir qu'on reste armés 24 heures sur 24 !

Honnêtement, je suis mal à l'aise. Je vis un choc culturel. Je suis étonné par la place importante qu'occupe la religion, les femmes voilées notamment. Je découvre aussi les bouchons parisiens. Pourtant, sur mon île natale, nous étions plutôt gâtés en matière d'embouteillages, mais je ne pensais pas qu'il était possible de mettre une heure pour parcourir une poignée de kilomètres. Il me faudra une bonne année pour m'habituer à cette vie parisienne.

Nous avons malgré tout la chance d'avoir trouvé un logement. Pour les jeunes fonctionnaires, c'est un vrai problème. En théorie, en tant que policier stagiaire, je dois toucher environ 1 450 euros mensuels. Mais trois mois après la sortie de l'école, je ne perçois toujours pas mon salaire, mais l'indemnité de 1 000 euros versée pendant la scolarité : la lenteur de l'administration n'est pas un mythe ! L'installation dans une nouvelle région, lors d'une première affectation, est pourtant le moment où les dépenses s'accumulent. Je dois avoir royalement 500 euros d'économies, pas un sou de plus. Cela laisse peu de marge pour louer un appartement. Quant à trouver un logement décent en région parisienne pour 350 euros par mois, c'est mission impossible. L'administration a certes mis en place un « bureau logement » à Paris pour venir en aide aux jeunes policiers, mais il y a très peu d'offres et la règle est simple : premier arrivé, premier servi. Du coup, certains montent littéralement leur tente devant le bureau, pour être sûrs d'être parmi les premiers dans la file d'attente. Autre aberration du système : la plupart des logements proposés sont situés dans des cités difficiles… où nous allons bientôt devoir exercer ! Pour un policier, vivre dans la cité où il opère, c'est franchement compliqué. Interpeller ses voisins de palier n'est pas le meilleur moyen de s'assurer une vie sereine et de déconnecter en dehors des horaires de service. Un de mes collègues, qui travaille au commissariat de Colombes, a ainsi « bénéficié » d'un logement dans une cité de la ville. Il lui est arrivé de reconnaître, sous la tenue du livreur de pizzas, un individu qu'il avait contrôlé quelques heures auparavant. La *Quattro Stagioni* peut s'avérer difficile à digérer…

Face à ces difficultés, de nombreux collègues n'ont d'autre choix que de loger dans des foyers de jeunes travailleurs ou des foyers étudiants. Certains se partagent même une chambre à deux : la précarité existe aussi dans la police. Finalement, mes deux amis et moi nous estimons bien lotis. Nous avons chacun notre chambre dans notre appartement d'Herblay. La cohabitation se déroule sans heurts, et pour cause : on se voit peu en raison des roulements horaires. Lorsque je vais bosser, les collègues dorment, et vice versa.

La découverte de mon commissariat

En arrivant à Paris, ma priorité est d'aller découvrir mon nouveau lieu de travail. Direction Gennevilliers. Le commissariat, qui compte une centaine de fonctionnaires, est situé dans le centre-ville, derrière la mairie, dans une rue piétonne. Quelques vitres cassées par des jets de projectiles, mais les locaux sont plutôt propres. Je me présente à l'accueil : « Bonjour, je suis Guillaume Lebeau, policier stagiaire. » Le chef de poste, un ancien, plein d'expérience, me souhaite la bienvenue, me fait visiter les lieux, et me conduit au chef du bureau du personnel. À son tour, lui m'explique que je suis affecté « en police secours ». Je ne suis pas surpris, c'est par là que débutent tous les gardiens de la paix. Il me détaille mes horaires de travail. On me donne mon paquetage : pantalons, chemises, casquette, gilet pare-balles, cravate, gants blancs, casquette de cérémonie, bâtons (un long et un court), chaussures, menottes et mon arme avec deux chargeurs. À l'époque, en 2005, c'est un Manurhin. Aujourd'hui c'est un pistolet semi-automatique SIG Sauer SP 2022, conçu en Suisse par SIG et produit en Allemagne par Sauer.

Tenir cette arme en main rend les choses enfin concrètes. À l'école, nous n'y touchions que pour les exercices de tir. J'éprouve un sentiment de fierté et de responsabilité. Pour les policiers stagiaires, ce moment a toujours une signification particulière. Nous sommes autorisés, à l'époque, à conserver notre arme avec nous entre deux vacations, mais pendant les périodes de repos elle doit être entreposée dans le coffre du commissariat. Les choses changeront au fur et à mesure de l'évolution de la législation et de la menace pesant sur les policiers. Pour ma part, j'ai fait le choix de l'emporter (presque) partout avec moi. Un de mes colocs dormait même avec l'arme à portée de main, sur sa table de chevet !

Je découvre Gennevilliers, nichée dans une boucle de la Seine au nord-ouest de Paris. Cette commune de 43 000 habitants a pour particularité d'abriter un grand port fluvial. Très étendue, elle n'a pas de véritable centre. Pourtant située dans les Hauts-de-Seine, département le plus riche de France, Gennevilliers est une commune défavorisée, longtemps un bastion communiste. Certains quartiers sont classés « difficiles », la cité du Luth particulièrement. Me voilà plongé dans le grand bain.

J'ai la chance de tomber sur une brigade composée de nombreux « anciens », des policiers expérimentés. Ils me réservent un accueil plutôt bienveillant et chaleureux. Ce sont eux qui, avec un vrai souci de pédagogie, vont me former à la vraie vie de flic de banlieue. Tout le monde n'a pas cette chance. Certains camarades de l'école de police sont arrivés dans des commissariats où il n'y avait que des stagiaires !

Dès le premier jour, je suis sur le terrain. Mes nouveaux collègues cherchent à faire du flagrant délit. C'est le quotidien des policiers et cela permet de mettre le pied à l'étrier au débutant que je suis. Nous contrôlons un type en voiture. Il a l'air bizarre. Il descend du véhicule. Palpations. J'ai remarqué qu'en nous voyant, il a fait un geste inhabituel, comme s'il cherchait à dissimuler quelque chose sous le siège. Je fouille un peu et découvre d'étranges petites barrettes brunes, rectangulaires, comme de la pâte à modeler mais plus dures, emballées dans du papier Cellophane. Des barrettes de cannabis déjà découpées et prêtes à la revente. Mais aussi stupéfiant que cela puisse paraître, je n'ai aucune idée de ce dont il s'agit. Et pour cause : je n'ai jamais vu de cannabis de ma vie ! J'ignore totalement à quoi ça ressemble. À l'école de police, on ne nous en a jamais montré. Je connaissais l'herbe et le zamal de La Réunion, mais pas la résine de cannabis. Je tends donc les étranges barrettes à mon collègue :

« J'ai trouvé ça, je sais pas ce que c'est… On dirait un bout de bois, ça sent bizarre… ça te parle ?

— C'est du stup ça ! Du shit ! me répond-il, interloqué.

— Du quoi ? »

La chance du débutant. Il y a une vingtaine de barrettes, environ 20 grammes, conditionnées pour la revente. C'est ma première interpellation !

De retour au commissariat, pour me faire plaisir, et certainement se débarrasser d'un peu de paperasserie, mes collègues me laissent rédiger le procès-verbal d'interpellation. Grosse pression. Mes trois collègues m'observent, d'un air un peu goguenard, m'affairer, raturer, hésiter, tout reprendre à zéro. Ils me charrient : « Quand t'as fini tu nous appelles ! » J'ai mis au moins deux heures à boucler ce premier PV, quatre fois plus de temps que la moyenne.

Je découvre au fil des jours et des semaines la routine de police secours : beaucoup d'interventions pour des violences conjugales. Souvent, l'homme qui frappe sa femme ne veut pas nous ouvrir. Il faut passer par la fenêtre. Et parfois s'entendre répondre : « Mais j'ai le droit de la taper, c'est ma femme ! » Il y a aussi de nombreuses affaires de scooters volés. J'apprends surtout qu'il faut avoir l'œil. Au début, un policier ne voit rien ou pas grand-chose. Son sens de l'observation n'est pas développé. Un flic expérimenté, c'est d'abord un œil aguerri. Je me souviens des longues patrouilles avec mon premier chef. Il me parlait, me donnait les ficelles du métier. Moi, je regardais simplement la route. Lui, il captait en permanence ce qui se passait, à 360 degrés. Un flic novice qui croise une voiture repère généralement la marque et la couleur du véhicule, et au mieux il aperçoit le conducteur. Le policier expérimenté, lui, enregistre tout ça d'un coup d'œil mais il parvient simultanément à détecter et analyser le geste que le type fait dans la voiture. Apprendre à avoir l'œil vif, être en permanence aux aguets, c'est le secret du bon policier.

2

Les émeutes de 2005

J'aurai eu peu de temps pour prendre mes marques. Six mois après mes débuts à Gennevilliers, les émeutes urbaines débutent. Le 27 octobre 2005, à Clichy-sous-Bois, en Seine-Saint-Denis, deux adolescents originaires de la cité du Chêne-Pointu, Zyed Benna, 17 ans, et Bouna Traoré, 15 ans, traversent un parc avec sept autres jeunes du quartier, alors qu'ils rentrent d'un match de football. Ils décident de passer par un chantier. C'est là qu'ils sont aperçus par un riverain qui juge leur comportement suspect et, craignant un vol, prévient la police. Lorsque les policiers arrivent, les adolescents s'enfuient. Trois d'entre eux se cachent dans un transformateur EDF. Quelques instants plus tard, un arc électrique de 20 000 volts tue sur le coup Zyed et Bouna. Leur camarade, Muhittin Altun, âgé de 17 ans, est grièvement blessé. La nuit suivante, les premières échauffourées débutent. Vingt-trois voitures sont incendiées à Clichy-sous-Bois. Des dizaines de jeunes du quartier s'en prennent aux pompiers venus éteindre les incendies, aux policiers, à des bâtiments publics. Dans les jours qui suivent, des émeutes secouent les communes voisines. Rapidement, les violences s'étendent à quatre départements de la région parisienne. Gennevilliers est touchée à son tour. Les émeutes vont durer trois semaines. C'est toute la France qui est touchée. La vague de violence atteint 300 communes. Le 9 novembre, après douze nuits d'émeutes, le gouvernement Villepin décrète l'état d'urgence. Au total, plus de 10 000 véhicules sont brûlés, 300 bâtiments détruits ou dégradés, 6 000 personnes sont interpellées dont 1 300 écrouées. Le calme revient le 17 novembre, après trois semaines d'émeutes qui marqueront durablement les esprits.

Durant ces longues nuits d'incidents, toujours affecté en police secours, je découvre la réalité des quartiers sensibles en période de forte tension. Feux de véhicules, guet-apens contre la police. Les soirées sont chaudes. J'ai de la chance, je parviens à esquiver les guets-apens, souvent en faisant demi-tour au dernier moment. Il arrive que nous passions en patrouille dans une rue avec des jeunes qui, au premier abord, semblent calmes. Subitement, ils se dissimulent le visage, ramassent toutes les pierres qu'ils peuvent trouver autour d'eux et se mettent à nous caillasser. Ça part d'un coup. La mission des brigades de police secours, dans ce cadre, c'est de faire le sale boulot : les constatations lorsqu'il y a eu des dégradations, les voitures brûlées notamment. Police secours dresse le constat, gère l'enlèvement des carcasses calcinées. Notre mission consiste aussi à venir en renfort lorsque les collègues sont attaqués. Ces moments-là sont particulièrement tendus, tout comme les « progressions » dans les cités pour rétablir le calme. Nous nous protégeons avec nos boucliers, les grenades de désencerclement permettent de nous défendre. À l'école, nous avons eu pas mal de théorie sur les violences urbaines, mais peu d'enseignements concrets. Encore une fois, je constate que la réalité du métier s'apprend sur le terrain. Tous les soirs, ce sont des barrages routiers sur la route, des feux de poubelles, partout. Et encore et toujours des voitures de police caillassées. Je suis plus que jamais convaincu de l'utilité de mon métier. En banlieue parisienne, le boulot est dur, sans doute plus dur et dangereux qu'ailleurs, mais je suis là pour apprendre et je ne regrette pas d'avoir choisi cette affectation. C'est ici qu'on est confronté à une réalité qui permet de faire face à des situations très différentes, d'acquérir de bons réflexes et de gérer des situations complexes.

Lors des flambées de violence dans les banlieues, les émeutiers s'en prennent à tout ce qui passe. Les écoles, les bibliothèques, les lieux publics sont souvent dégradés, attaqués, saccagés et même incendiés. À Gennevilliers, c'est la ligne de bus 235 qui fait régulièrement l'objet de dégradations et d'attaques. Cette ligne, qui part d'Asnières-Gennevilliers pour aller à Colombes-Europe, passe par la fameuse cité du Luth. En octobre 2011, deux hommes aux visages masqués montent aux alentours de 21 heures dans un bus de la ligne 235 et aspergent le chauffeur d'essence. Puis ils tentent de mettre le feu. Le conducteur parvient à circonscrire les flammes, qui ne font heureusement que quelques dégâts. Mais quand il veut sortir du bus, il glisse sur le sol huileux et une fois à terre, les individus l'aspergent à nouveau avec de l'essence, tentent une nouvelle fois d'allumer l'incendie, sans y parvenir, et finissent par prendre la fuite. Le communiqué de la RATP se veut alors rassurant : « Il n'y a pas de blessé, ni côté conducteur, ni côté passagers. » Mais la ligne de bus est durablement déviée. Elle ne passe plus par la cité, pénalisant un peu plus ses habitants qui doivent marcher de longues minutes pour pouvoir sortir de ce quartier plus enclavé que jamais.

Quelques mois plus tard, la ligne 235 est rétablie. Et rebelote, une semaine à peine après la remise en service. Même mode opératoire. Le 9 septembre 2012, vers 21 h 30, cinq individus masqués pénètrent à l'intérieur d'un bus et aspergent les sièges d'un produit inflammable. Cette fois encore, par miracle, il n'y a pas de victime. Les conducteurs de bus font légitimement jouer leur droit de retrait, se mettent en grève, réclament davantage de sécurité et la mise en place de la vidéosurveillance pour sécuriser leur ligne.

Lorsque cette deuxième tentative d'incendie est perpétrée, nous nous rendons au siège de la sûreté départementale. Heureusement quelques images de vidéosurveillance de l'agression nous permettent de distinguer – vaguement – la physionomie des auteurs des faits. Le lendemain, sensiblement à la même heure, nous sommes en patrouille. Nous apercevons des jeunes qui ressemblent à ceux que nous avons vus la veille sur la vidéo. Contrôle. Ils ont des bouteilles d'essence avec eux, prêts à incendier de nouveau un bus. Nous les avons interpellés à temps. Mais cela n'a pas suffi à rassurer les conducteurs. Le parcours de la ligne 235 a été modifié. Cinq ans après les faits, elle ne passe toujours pas par la cité du Luth.

Les mineurs, un problème insoluble ?

L'incendie du bus 235, les émeutes urbaines, les incivilités du quotidien : ce sont très souvent des mineurs qui sont les auteurs de ces faits. C'est mon constat de flic de terrain, même s'il n'est pas politiquement correct. Le vrai problème dans les cités, dans celle du Luth comme dans les autres, ce sont les mineurs. À Gennevilliers, 70 % de la population délinquante, mon lot quotidien, est constituée de jeunes de moins de 18 ans. Ils occasionnent des tapages, font du motocross dans la cité, volent des scooters, ou incendient des voitures. Un 14 juillet, une école est même partie en fumée, étrange manière de célébrer la fête nationale. Ce sont des actes gratuits. Ils veulent simplement dégrader, casser, « faire chier », pour dire les choses sans fard. Lorsqu'on parvient à les interpeller, ils ne reconnaissent pas les faits. Ils veulent montrer que leur cité est plus dangereuse que les autres.

Dans le secteur de Gennevilliers, S. et D. sont deux jeunes aux parcours symptomatiques. La première fois que j'interpelle S., il a 12 ans. Il conduit un scooter sans casque. En nous voyant, il tente de prendre la fuite en courant. Nous le rattrapons et le conduisons au poste. Il est relâché le soir même. Quelques jours plus tard, un autre membre de sa bande, D., 12 ans également, jette sous nos yeux une canette de soda par terre. On lui explique que ce n'est pas propre, en lui demandant de la mettre dans une poubelle. Du haut de ses 12 ans, D. refuse, s'énerve et nous insulte copieusement. Il n'a pas ses papiers d'identité sur lui. Direction le commissariat, où son père vient finalement le chercher. Une semaine plus tard, nous sommes avertis qu'un groupe de jeunes brise des vitres de voitures pour voler tout ce qui se trouve à l'intérieur. Arrivés sur les lieux, nous appréhendons quatre mineurs, dont S. et D. Ainsi, très régulièrement, et même plusieurs fois par semaine, ces deux-là et leurs acolytes pratiquent ce qu'on appelle des vols à la roulotte dans le quartier. Interpellés, ils sont toujours relâchés rapidement. Tous les deux ont des parents qui vivent des minimas sociaux (je ne les blâme pas, lorsque j'étais enfant, ma mère les percevait aussi, j'ai grandi comme cela, la plupart de mes amis d'enfance également). S. vit avec sa mère. Lorsque nous l'appelons, lors des premières interpellations, la mère de S. nous insulte presque, persuadée que son fils n'a rien fait. Les petits frères suivent le même chemin.

Au fil des ans, S. et D. sont devenus des petits caïds du quartier. Si un vol se produit, nous pensons immédiatement à eux. Et nous nous trompons rarement : dans leurs « caches », nous retrouvons souvent le matériel volé, des téléphones, des GPS, etc. Nous les avons appréhendés au minimum pour une vingtaine de vols. Ils n'ont jamais été réellement condamnés pour ces faits. Tout juste ont-ils eu droit à quelques rappels à la loi. Ils se sont enfoncés peu à peu dans la délinquance et sont désormais passés à la vitesse supérieure : le trafic de stupéfiants. Non sans mal, ils ont récupéré un « terrain de vente » de drogue. Cagoulés et armés, ils ont mené plusieurs expéditions punitives pour déloger les plus grands. À l'approche de la majorité, ils ont fini par faire quelques courtes peines de prison, mais dérisoires au regard de leurs méfaits.

À l'image de S. et D., ce sont bien les mineurs qui pourrissent la vie de toute la cité, mais ce sont aussi ceux contre lesquels nous avons le moins de pouvoir. L'ordonnance du 2 février 1945 part du principe que les mineurs sont innocents, qu'il faut faire de la prévention et non de la répression. Nous, policiers de terrain, sommes obligés de constater que des milliers « d'innocents » agressent les gens au quotidien et malgré tout se baladent dans la nature. Nous les arrêtons le matin, ils ressortent le soir. Souvent pour mieux recommencer le lendemain. Ils ont un sentiment d'impunité, car ils savent pertinemment qu'ils ne risquent rien ou pas grand-chose. Pour eux, c'est presque un jeu.

Les jeunes délinquants des cités détruisent également le tissu économique des quartiers, en rendant en particulier la vie des commerçants impossible. Il y a deux ans, un boulanger du Luth a été menacé. Les jeunes l'obligeaient à stocker leur shit dans sa boutique. Le boulanger a refusé, alerté la police et même déposé plainte contre les jeunes dealers qui voulaient l'obliger à devenir complice de leur trafic. Nous avons fait notre boulot : nous les avons interpellés. Mais dans la mesure où ils avaient moins de 18 ans, ils étaient protégés par l'ordonnance de 1945. Il a donc fallu les remettre en liberté le soir même. Dans les jours qui ont suivi, ils ont organisé une expédition punitive contre le boulanger indocile : la boulangerie a été saccagée, la vitrine cassée et le boulanger aspergé de gaz lacrymogène. Le commerçant nous a bien sûr rappelés pour nous reprocher de ne rien avoir fait pour le protéger. Nous n'avons pu que lui répondre que nous avions fait notre travail, en mettant les suspects à disposition de la justice, et que nous ne pouvions rien faire d'autre. Si cela se reproduisait, nous procéderions exactement de la même manière. Les commerçants dans son cas n'ont, en réalité, que deux solutions : se soumettre au trafic ou déménager. L'épicerie-boulangerie de la cité change souvent de propriétaire…

Pour nous aussi, cette situation est désespérante. Notre mission première est avant tout de porter secours aux victimes, de tout mettre en œuvre pour assurer leur sécurité. Constater que ces personnes vivent dans la même galère pendant des années sans que nous ne puissions rien faire, c'est décourageant. Nous prenons des risques à chaque intervention en sachant que c'est inutile. Et pourtant, nous continuons.

Nous sommes nombreux dans la police à souhaiter que l'ordonnance de 1945 soit réétudiée afin que les mineurs puissent être jugés comme des majeurs. Née d'une intention louable, elle a aujourd'hui des effets pervers qui méritent une profonde réforme. Plus d'un demi-siècle plus tard, le contexte n'est pas le même. Les mineurs de 2017 ne sont pas ceux de 1945. Comment permettre à nos concitoyens de se sentir en sécurité dans ces conditions ?

3

Police secours et les quotas de PV

Les premières années en police secours sont difficiles. La prise de service s'effectue à 6 heures du matin. Le cycle de travail de quatre jours commence par deux journées sédentaires au commissariat, à répondre aux appels téléphoniques, à gérer les ondes radio (les communications avec les équipages en patrouille), à prendre les dépôts de plaintes, s'occuper des gardés à vue. Les deux jours suivants, place au terrain, à bord des voitures sérigraphiées « Police ». Au programme, les accidents de la circulation, les constats de cambriolage, les vols dans les magasins, les contrôles routiers, les gardes statiques. Nous avons peu de moyens et malheureusement peu de reconnaissance de la part de la hiérarchie. À Gennevilliers, nous disposons d'un seul véhicule pour l'ensemble de la commune ! Au fil des années, les effectifs et les moyens diminuent alors que les besoins réels, eux, sont en augmentation constante. Police secours est pourtant un rouage essentiel, car c'est le service de police qui intervient dans le quotidien des habitants. Certains choisissent d'y faire toute leur carrière avec un dévouement admirable parce qu'ils aiment rendre service à la population. C'est également un passage obligé pour les policiers débutants. Mais nombreux sont ceux qui cherchent à en sortir. D'autant que le fameux « prestige de l'uniforme » n'est vraiment qu'une formule. Il n'est pas rare que les contrevenants soient extrêmement agressifs et tiennent des propos outrageants. Techniquement parlant, on ne devrait laisser passer aucune insulte. Dans les faits, c'est différent. Un policier en uniforme dans une zone sensible aurait de quoi, en théorie, porter plainte chaque jour pour outrage. Mais il est rare que cela se produise. D'abord parce qu'il faut déposer plainte en son nom propre, en prenant le risque d'être victimes de représailles, ou pire, d'y exposer sa famille. En outre, la procédure est très longue, et les juges n'aiment pas ce genre de dossiers. Ils soupçonnent généralement le plaignant de chercher à gagner de l'argent. Un comble, alors que non seulement les condamnations sont l'exception, mais les personnes condamnées pour outrage ne payent jamais les dommages et intérêts. De fait, elles sont rarement solvables ou disparaissent dans la nature : il faudrait engager une longue procédure auprès d'un huissier pour récupérer l'argent. De sorte que depuis que je suis flic, je n'ai déposé que deux ou trois plaintes pour outrage. J'ai eu gain de cause à chaque fois, mais je n'ai jamais été dédommagé.

En police secours, la mission est également de dresser les procès-verbaux pour les infractions routières.

En théorie, chacun est libre de gérer son carnet de contravention. Enfin… en théorie. Dans la réalité, il y a des périodes « avec » et des périodes « sans » quotas. Les consignes sont données par le ministère de l'Intérieur et répercutées au sein des services de police. Les gradés fixent à chaque policier ou à un équipage un nombre précis de contraventions à dresser dans une journée. Ces consignes ne sont jamais écrites, elles restent exclusivement orales. Lorsque dans les réunions de brigades, le chef de service, sous la pression de sa propre hiérarchie, explique que « l'activité contraventionnelle du mois est mauvaise », tout le monde comprend où il veut en venir. Le quota de PV du jour ne va pas tarder. « Nous sommes dix, ça fait dix chacun ! » Et le chef de sermonner ses troupes : « C'est pas si difficile de mettre des contraventions. » Si ce quota non écrit n'est pas respecté, le chef se fait réprimander et fait bien entendu redescendre l'engueulade. Il arrive même que différentes brigades soient mises en concurrence. Ce n'est pas une légende ! Parfois, la situation confine à l'absurde.

Lorsque j'étais à l'école de police, un collègue a fait un stage dans un commissariat parisien. Sa hiérarchie a exigé qu'il dresse – au minimum – trente contraventions par jour ! Un truc de fou. Il passait ses journées à chasser l'infraction. Dans ce cas, le policier a juste le temps de remplir le plus vite possible le procès-verbal avant de passer au suivant. Pas le loisir de discuter avec le contrevenant, d'expliquer, de faire de la pédagogie. Certains de ses collègues faisaient du zèle : quarante ou cinquante contraventions par jour. Alors, tout le monde s'alignait sur celui qui en avait mis le plus, afin de ne pas être houspillé. Une spirale infernale.

D'une manière générale, la « politique du chiffre » est un mal qui ronge la police française. La hiérarchie réclame toujours plus de procédures, d'interpellations, de PV, de gardes à vue. La coupable est connue de tous : elle porte le joli nom d'IRP, l'indemnité de responsabilité et de performance. D'un maniement assez obscur pour le commun des mortels, l'IRP a été instaurée en 2010, au profit des commissaires de police et d'une liste définie de cadres de la police. Schématiquement, elle prévoit que meilleures seront les statistiques, plus élevées seront les primes. Résultat, la hiérarchie incite les policiers de terrain à faire du chiffre. L'opacité autour de ce système alimente bien des rumeurs. Le montant des primes, la liste des bénéficiaires sont des secrets bien gardés. Mon opinion personnelle, partagée par nombre de mes collègues, est qu'il serait sain de faire davantage de transparence.

Heureusement, ces pratiques n'ont pas cours dans « mon » commissariat. Dans la police, on a coutume de dire que plus le secteur est difficile, meilleure est l'ambiance entre collègues. Cet adage est vérifié à Gennevilliers. Grâce à nos journées bien remplies sur le terrain, nous nous retrouvons rarement dans les locaux du commissariat où pourraient se nouer rivalités ou médisances. Équipages et services se prêtent volontiers main-forte lorsque les effectifs manquent.

Face à des missions difficiles, tous font preuve de solidarité. Si une patrouille se retrouve en mauvaise posture, les collègues ne tardent pas à accourir. C'est comme ça à Gennevilliers. Ce n'est pas le cas partout.

Ces deux premières années d'exercice du métier de policier me confirment ce que je pressentais : j'aime le terrain avant tout. Je décide donc de demander à changer de service pour ne plus à avoir à accomplir des tâches sédentaires au commissariat. Je rejoins ainsi en 2007 une unité sectorisée de police de sécurité, un service qui n'existe plus aujourd'hui. C'est un cran intermédiaire. Je porte toujours l'uniforme, et je suis constamment dehors, au contact de la population. Cette fois, la consigne de la hiérarchie n'est plus de dresser un maximum de contraventions, mais d'interpeller des étrangers en situation irrégulière. Dans le jargon policier, on dit « faire des étrangers ». Des consignes toujours verbales, jamais écrites. C'est même parfois plus précis : « Interpellez-moi aujourd'hui des étrangers en situation irrégulière de tel pays. » Avec une condition toutefois : l'individu doit parler français, sinon il faut un traducteur. Nos supérieurs ne se posent pas de questions : « C'est quand même pas compliqué de faire des étrangers », nous dit-on. Je n'ai d'autre choix que de m'exécuter. Je dois le reconnaître, on ne cherche pas forcément à comprendre. La loi est la loi et nous sommes là pour la faire respecter. Et nous voilà partis vers les lieux de passage, comme la gare RER de Gennevilliers.

Une fois en gare, l'objectif est d'interpeller trois clandestins en deux heures. Toutefois, les consignes (toujours verbales) stipulent systématiquement qu'il ne faut pas interpeller les ressortissants des pays en guerre : « Ne touchez pas aux Libyens, aux Syriens. » Les clandestins ne sont pas fous, ils ont bien compris la combine et se repassent le mot : les étrangers que nous interpellons affirment tous venir de Syrie ou de Libye. Nous ne sommes pas dupes, mais la tactique, à notre niveau, est assez imparable.

4

La brigade anti-criminalité, enfin !

En 2009, j'atteins enfin mon objectif, celui que je poursuis depuis l'école de police : intégrer la brigade anti-criminalité. Ma demande de mutation a été acceptée.

La BAC correspond à mes aspirations profondes : intervenir dans les moments de tension, lorsque les faits sont commis ou viennent de l'être et qu'il faut agir vite et bien. « Lutter contre tous les crimes et délits, maintenir et le cas échéant rétablir l'ordre et la paix, intervenir pour mettre fin aux violences urbaines », voilà le rôle affecté aux brigades anti-criminalité selon le ministère de l'Intérieur. Notre mission diffère sur plusieurs points de celle des autres policiers. Nous ne dressons pas de contraventions, mais faisons beaucoup de contrôles et d'interpellations. Nous n'intervenons que très rarement sur les accidents de la route. Notre autonomie est bien plus grande que celle des autres brigades. En patrouille, c'est à nous de détecter les délits potentiels, de surveiller les points chauds que nous avons repérés, comme les zones de vente de stupéfiants. Notre bonne connaissance du terrain et des individus nous permet de débusquer les affaires.

Les BAC ont été créées en 1994 sous l'impulsion de Charles Pasqua, ministre de l'Intérieur, pour répondre aux problématiques spécifiques de sécurité dans les « zones urbaines sensibles ». Elles sont environ trois cents sur le territoire français.

J'ai conscience que les brigades anti-criminalité ont parfois mauvaise presse. Les policiers de la BAC sont perçus comme des cow-boys, irrespectueux, racistes, auteurs de bavures à répétition. En 2011, un anthropologue et sociologue, Didier Fassin, a publié un ouvrage[1] dans lequel il fustigeait les méthodes « rudes et humiliantes » de la BAC. Certaines affaires retentissantes ont aussi miné l'image des brigades anti-criminalité. À Marseille, en 2012, la BAC des quartiers nord a été dissoute par le ministère de l'Intérieur à la suite d'accusations de corruption généralisée et trafics en tous genres. Après un tsunami médiatique et politique, le conseil de discipline a finalement révoqué trois policiers. Deux autres ont été suspendus, un autre rétrogradé. L'affaire de Marseille a malheureusement fait une bien mauvaise publicité à toutes les BAC de France.

Le site officiel de la police nationale tente de démonter cette réputation peu flatteuse. « Ce que l'on voit dans les films ressemble parfois à notre quotidien. Seule différence entre la fiction et la réalité :

1. *La Force de l'ordre : une anthropologie de la police des quartiers*, Seuil, 2011.

l'origine des risques encourus. Certes notre professionnalisme et notre formation nous permettent de maîtriser des situations qui, pour "monsieur-tout-le-monde", seraient impossibles à gérer, mais les dangers viennent aussi de la route. Quand nous roulons au-delà de la vitesse autorisée, pour intervenir le plus vite possible afin de sauver des personnes, d'aider les collègues en difficultés ou de poursuivre des criminels en fuite, nous ne sommes pas à l'abri d'un accident. Bien que formés à la conduite rapide, nous devons considérer les imprévus (piétons s'apprêtant à traverser), ce qui nous oblige à être prudents. Du coup, on est un peu éloigné des clichés de "cow-boy" renvoyés par les médias. En fait, nous sommes des hommes posés, calmes, réfléchis, gardant notre sang-froid face aux situations d'arrestation, de contrôle de papiers ou de véhicules, voire de protection de personnalités. D'ailleurs, tous les trois ans, nous sommes évalués pour vérifier notre aptitude à exercer nos fonctions. Celui ou celle qui souhaiterait rejoindre la BAC en misant sur l'aspect aventure, intervention musclée systématique… n'aurait pas le profil. »

Mais malheureusement pour nous, fonctionnaires de police qui travaillons au sein des BAC, tout cela n'est pas totalement vrai. Je vous livre ici ma vérité, celle de mon quotidien de policier à la BAC de Gennevilliers.

Tout le monde n'a pas le profil pour être affecté à la BAC. Il faut avoir une prédisposition, une envie. Cela dit, les « baqueux », comme on dit dans le métier, sont plutôt jeunes, sportifs, ils aiment avant tout le terrain – cela ne signifie pas que ce sont tous des malabars ! On peut être un bon agent de la BAC sans être physiquement costaud. L'expérience et la dextérité peuvent largement compenser. À l'époque où j'ai rejoint la BAC, on y arrivait par cooptation : les flics de la BAC encourageaient les policiers d'autres brigades aimant le terrain et l'action à les rejoindre. Depuis 2012, un processus de sélection plus formel a été mis en place : un parcours de tir, un test d'endurance cardio-respiratoire, un parcours d'habileté motrice, un test psychologique, une épreuve de rédaction d'un procès-verbal d'interpellation, un QCM, et enfin un entretien avec un jury.

Pour moi, le premier changement est de ranger l'uniforme au placard. En BAC, on travaille en civil, habillés comme le quidam moyen, dans des véhicules banalisés. Un détail ? Pas vraiment, comme l'illustre cette anecdote : la veille de mon affectation à la BAC, je patrouillais en uniforme et nous contrôlions un petit dealer de shit. L'interpellation se déroule très mal. Le type est à la limite de l'outrage. Deux jours après, désormais à la BAC et donc habillé en civil, je retrouve le même petit dealer. Nouveau contrôle. Cette fois il est doux comme un agneau. Un de ses copains s'approche pour essayer de nous provoquer. Le dealer lui intime de se calmer : « Ne parle pas comme ça, c'est la BAC ! »

Au sein de la brigade anti-criminalité de Gennevilliers, nous étions encore il y a deux ans trois groupes de cinq policiers. Mais les effectifs sont en diminution constante en raison des mutations et des arrêts maladie de longue durée. Au début de l'année 2017, nous n'étions plus que douze. Au sein de la BAC, il y a au départ une vraie exigence vis-à-vis des nouveaux arrivants. Je n'échappe pas à la règle. À mon arrivée, on peut dire que « j'ai la pression » ! Je dois faire mes preuves, démontrer que je mérite ma place. À cette période, les vols à main armée se succèdent à Gennevilliers. Ce soir-là, il s'en produit un et nous recevons le signalement des auteurs présumés : deux hommes à moto, type africain, blousons noirs, moto noire, casques noirs. Nous patrouillons, aux aguets, même si les chances de tomber sur les deux individus sont minces. Nous sommes arrêtés à un feu rouge lorsqu'une moto transportant deux individus correspondants au signalement déboule devant. Nous les rattrapons, les doublons pour tenter de les stopper, mais la manœuvre échoue. Au moment où ils tentent à nouveau de prendre la fuite en accélérant, je parviens à attraper l'un des deux par le col du blouson. Ils tombent et se retrouvent coincés sous la moto. Interpellation. Nous sommes contents. Un joli coup, assurément. Nous transmettons leurs identités… Mais entre-temps un nouveau signalement de la moto a été transmis, qui ne correspond pas à celle que nous avons interceptée. Vrai malaise. J'ai le sentiment d'avoir foiré ma première affaire. L'immatriculation de la moto est tout de même passée au fichier. Elle est volée. Le conducteur n'a pas le permis. Ouf de soulagement. Avec mon collègue, nous soulevons l'un des deux individus. Un sac à main tombe de son blouson. Ces deux-là n'ont pas commis le vol à main armée pour lequel on pensait les interpeller, mais ils viennent de se livrer à un vol à la portière avec violence. Ils ont agressé une femme quelques minutes auparavant, cassé sa voiture et arraché son sac à main en lui mettant un coup de poing en plein visage. À l'époque, cela arrivait très fréquemment à Gennevilliers et nous n'avions jamais réussi, jusque-là, à appréhender les auteurs.

Les rapports avec les jeunes des cités

Inutile de le nier, les jeunes des cités craignent la BAC. Ils font une réelle différence entre les policiers classiques, en uniforme, et nous. Ils sont persuadés – à tort – que nous sommes habilités à aller plus loin lors des contrôles. Ils nous respectent davantage, car nous leur ressemblons davantage. Nous employons les mêmes codes qu'eux. Leur mode de fonctionnement est basé sur la violence. Formés au self-défense, au combat au sol et à la boxe française, nous savons y répondre, en utilisant les gestes techniques et professionnels en intervention. Ils hésitent donc à faire monter la pression en face de nous car ils savent que ça peut partir « en vrille », que nous sommes capables de répliquer, de nous défendre en cas d'agression. Face aux insultes, la réponse est l'interpellation systématique du fautif ; s'il s'agit d'un groupe de jeunes, nous ne les lâchons pas en attendant que les renforts arrivent. Nous arrive-t-il d'avoir peur ? Le métier nous apprend à gérer nos appréhensions. Il ne faut jamais rien montrer, toujours s'efforcer de rester froid et impassible. Et puis dans l'action, pas le temps d'avoir peur.

Les « baqueux » ne sont pas que des gros bras, ils doivent aussi savoir gérer leurs émotions et faire preuve de psychologie. Ces jeunes sont malins, ils nous testent beaucoup, aidés par leur sens aigu de l'observation. Le policier est-il nerveux ? Se laisse-t-il marcher sur les pieds ? Par l'intimidation verbale et physique, ils tentent bien souvent de pousser les collègues au repli vers la sortie, afin qu'ils soient contraints de demander du renfort. Ce bras de fer psychologique, j'ai appris à le maîtriser. Je ne lâche jamais. Je me montre déterminé. En BAC, il faut parler, beaucoup parler. Certes, les interpellations peuvent être parfois musclées. La violence est toujours le dernier recours. Tant que la personne se laisse faire, les choses se déroulent dans le calme. S'il y a rébellion, nous sommes obligés d'être dans la contrainte. C'est rare.

Dernièrement, les lycéens en colère bloquaient les établissements de la ville. Un grand type, pas plus lycéen que moi, défiait les collègues assurant le dispositif de sécurité. Il a tenté de mettre un coup de casque à un policier. Il s'est ensuite enfui en courant. Je suis parti à sa poursuite et l'ai rattrapé. Il faisait 2 mètres et 100 kilos, un beau bébé. Il s'est débattu. J'ai été contraint de lui mettre un coup, pour le maîtriser. J'ai voulu lui mettre un coup de genou au thorax. Dans l'agitation, le coup a glissé sur son nez. Ça l'a calmé. Sur le chemin du commissariat, je lui ai expliqué en quoi son comportement m'avait obligé à en venir à ce geste. Finalement, nous n'avons même pas eu besoin de lui passer les menottes.

La frontière est difficile à trouver. Lors d'une interpellation, tout peut basculer très vite. Si le type résiste, il est très compliqué de ne pas faire usage de la force, même si elle doit toujours être maîtrisée. Il m'est arrivé d'avoir du mal à mettre les menottes à un poids plume de 60 kilos. Ensuite les choses s'apaisent. C'est la loi du plus fort. Et puis cela installe un respect pour la fois suivante…

Les BAC peuvent être confrontées à des situations insolites. Lors d'une opération de démantèlement d'un trafic de stupéfiants dans une cité, avec mes collègues, nous avons enfilé des djellabas pour nous fondre dans le paysage et mener sans être repérés les opérations préalables de surveillance. Cette tenue peu coutumière pour des policiers nous a permis de passer incognito.

Il arrive aussi que nous passions de longues heures planqués dans des « sous-m' », des sous-marins, ces camionnettes banalisées aux vitres teintées qui nous permettent de planquer à proximité des points de deal. Le confort est spartiate et l'attente peut être longue. Les points en hauteur offrent également des positions parfaites pour voir sans être vu. Et parfois, l'attente peut durer des heures. Un jour d'été, nous étions en surveillance dans une zone industrielle pour tenter d'élucider une série de vols de camions. Il faisait une chaleur d'enfer sur le toit. Plus de 40 °C et pas un point d'ombre. N'y tenant plus, je décidai d'enlever mes chaussures pour soulager mes pieds. C'est le moment précis que les cinq braqueurs de camions ont choisi pour opérer. Mon collègue m'avertit qu'il faut y aller. Pas le temps de remettre mes chaussures, nous nous sommes mis à courser les cinq malfrats. Malgré mes chaussettes sur le bitume brûlant, nous avons réussi à les interpeller.

Poursuivre – au sens propre – les délinquants est un drôle de sport. Récemment, nous avons interpellé deux individus à moto. Nous étions trois, ils étaient deux et après une chute, ils se sont mis à courir. Mes deux collègues se sont lancés à la poursuite du premier. Je me suis retrouvé seul à filer derrière le second. Un sacré gaillard d'au moins 90 kilos. Parvenu à le rattraper après plusieurs centaines de mètres, après l'avoir fait tomber, j'ai tenté de l'immobiliser au sol pour lui passer les menottes. Pas du tout décidé à se laisser faire, il s'est mis à me menacer tout en se débattant : « Je vais te tuer, buter ta famille. » Impossible dans cette situation de lancer un message radio pour réclamer des renforts, ou de lui passer les menottes. Je suis seul, accroché au bonhomme pendant dix minutes. C'est parfois long, dix minutes ! Finalement mes collègues sont revenus après avoir interpellé l'autre individu, et nous avons pu menotter mon gaillard récalcitrant. Ce genre d'interpellation, c'est mon lot quotidien. Beaucoup de tension, d'adrénaline.

Comme tous mes collègues, j'identifie très bien les petits (et gros) délinquants du secteur. J'ai interpellé certains individus plus de trente fois. Je connais leurs familles, les points de vente de shit, les toits, les allées des cités, les habitudes des uns et des autres. Il y a quelque temps, une agression a eu lieu dans un hall d'immeuble. La hiérarchie nous a montré des images de vidéosurveillance des agresseurs présumés. À nous d'être capables de les identifier ou de les cibler, puisque nous les côtoyons au quotidien. Nous connaissons leurs habitudes, les lieux qu'ils fréquentent, les causes d'une rixe, les intervenants potentiels, les auteurs possibles d'un vol qui vient d'être commis en fonction des circonstances, des faits.

Depuis douze ans que je travaille au commissariat de Gennevilliers, je connais la ville comme ma poche. Il n'y a pas une rue dans laquelle je ne sois pas intervenu. Je peux localiser une adresse en un clin d'œil. J'ai aussi vu la commune changer, évoluer pour améliorer la qualité de vie de ses habitants, diminuer leur sentiment d'insécurité et aussi faciliter le travail de ses policiers. Lorsque je suis arrivé en 2005, les cités, celle du Luth en particulier, étaient constituées d'immenses barres d'immeubles parallèles, sans rues transversales. Le plan idéal pour les délinquants : lorsqu'une voiture de police emprunte la longue rue située entre les barres, impossible de prendre une rue dérivée en cas d'attaque ou d'agression. Cela rendait les interventions pour le moins compliquées. Au fil des ans, la ville a mis en place une politique intelligente pour modifier l'urbanisme, casser les ghettos. Des barres entières ont été détruites pour laisser place à des rues perpendiculaires, des espaces verts. Les autres cités de la ville ont également été profondément remodelées, des petits immeubles ont été construits, nettement plus vivables que les barres des années 1960.

Des journées « ordinaires »

Pour vous faire comprendre le quotidien d'un policier de la BAC, voici le récit de deux journées presque comme les autres :

Jour 1. Après la prise de service, dans la matinée, nous sommes appelés pour planquer sur la voiture d'un homme potentiellement armé d'un fusil de chasse et d'un pistolet. Habitant Gennevilliers, il a menacé sa femme. Il est « un peu instable » et susceptible de mettre fin à ses jours. Sa voiture est localisée dans une petite commune des Yvelines par une brigade locale qui s'est chargée de la surveillance en attendant notre arrivée. Nous les relevons et les remercions pour leur participation. Après une courte planque, l'individu arrive. Interpellation. Il ne porte pas d'arme sur lui. C'est un mec en pleine séparation, un peu paumé. En perquisition chez lui on retrouve une carabine, un pistolet à grenaille et deux katanas, des sabres japonais de samouraïs. Il est placé en garde à vue et libéré dans l'après-midi. Cerise sur le gâteau, le procureur demande que nous lui restituions ses armes. Fort heureusement, l'individu refuse de les reprendre.

Dans la foulée nous sommes appelés car un type en scooter rôde autour des voitures au port de Gennevilliers. Nous partons à deux véhicules. À notre arrivée sur les lieux, le type en scooter prend la fuite. Il refuse de s'arrêter sur 2 kilomètres, finit par chuter en voulant monter sur un trottoir. Il se relève et continue au pas de course. Nous finissons par l'interpeller. La plaque d'immatriculation du scooter est arrachée, mais nous arrivons à remonter jusqu'au propriétaire par le numéro de série. C'est le patron chinois d'un restaurant de sushis qui nous explique dans un français difficilement compréhensible qu'il vient de se rendre compte du vol de son scooter de livraison et qu'il allait porter plainte.

Jour 2. En patrouille, nous contrôlons deux individus vraiment louches dans une contre-allée. Un petit bout de cannabis retrouvé sur l'un, mais pas grand-chose. Pas de quoi entamer une procédure. Nous le connaissons déjà de longue date. Après passage au fichier, nous constatons qu'il n'est pas recherché. On le laisse partir. L'autre, à l'inverse, nous est inconnu. Il a environ 30 ans, l'allure d'un délinquant confirmé, le regard fuyant. Il ne porte aucun document sur lui, de l'argent et une mini-comptabilité sur laquelle il peine à se justifier. Celui-ci, on ne le sent pas. Il nous donne une identité en nous disant qu'il est inconnu de nos services. On ne le croit pas, il persiste et nous décidons de le ramener au poste. Là, il s'avère qu'il est inscrit au fichier des personnes recherchées : il est sous le coup d'un jugement lui interdisant de séjourner dans le département. Interpellation. L'individu sera déféré le lendemain. La journée s'achève lorsque nous recevons un appel concernant trois jeunes qui rôdent autour d'un scooter et sont en train de le démonter. Nous avons peu d'infos, mais nous nous dirigeons vers les lieux. En parallèle, j'appelle la requérante avec mon téléphone portable personnel afin d'avoir des précisions. Elle me fournit une description très précise et circonstanciée et m'indique la direction vers laquelle les jeunes en cause ont pris la fuite. Nous les localisons, approchons et au moment où nous ouvrons la porte de la voiture, deux jeunes partent en courant dans deux directions opposées. Le troisième reste sur place. Il est immédiatement appréhendé par un de mes collègues. Le premier fuyard, âgé de 13 ans, est poursuivi à pied par un policier sur environ 200 mètres. Je me lance à la poursuite du troisième, pour une visite guidée au pas de course de Gennevilliers. Départ de la villa des Fleurs, direction rue Jean-Jaurès, rue du Pont-d'Argenteuil, rue des Chevrins. Le bougre court vite. Il a 100 mètres d'avance sur moi, lorsqu'il croise deux potes à lui, plus âgés, de la même cité. Il leur crie qu'il est poursuivi par la police. Ils lui conseillent de se planquer dans un buisson de l'autre côté de la barrière. Pendant ce temps, ils se mettent en travers de ma route. Je les fixe en les appelant par leurs prénoms. Ils me reconnaissent, hésitent une fraction de seconde, et me laissent passer. À ce moment, j'entends le bruit de la barrière que le jeune escalade juste après le virage, avenue Lucien-Lanternier. Il tente de regagner la cité du Commandant-Lherminier. Pas de chance pour lui, je vois sa tête dépasser des buissons. Je passe le portillon, le jeune me voit, se relève, et part en courant dans la cité puis ressort en me claquant le portail au nez. Il traverse l'avenue et je le rattrape à l'angle de la rue Maurice-Ravel et de l'allée Édouard-Manet. Interpellation. Étant seul, j'appelle mon collègue qui est au volant de la voiture sur son téléphone personnel pour lui donner le lieu de l'interpellation. Mais le jeune ne se laisse pas faire. Du monde se rapproche : « Lâchez-le ! » « Vous cherchez pourquoi on vous aime pas ? C'est normal, regardez ce que vous faites ! », etc. Évidemment, les badauds qui s'énervent ne sont au courant ni des tenants ni des aboutissants de cette interpellation... La tension commence à monter et je vois avec soulagement mon chauffeur arriver au loin. Je saisis le jeune et le tire vers la voiture. Nous terminons l'interpellation, sous les cris des badauds. Les trois jeunes étant interpellés (le premier à tellement eu peur qu'il a commencé à se faire pipi dessus, le pauvre), nous retournons au scooter. Vérification faite, il a été signalé volé la veille. On le pousse jusqu'au commissariat. Les deux fuyards étaient les auteurs du vol et après vérification auprès d'un témoin, il s'avère que celui qui n'a pas couru n'était pas impliqué.

Attention, danger

Un an après mon arrivée à la BAC, en 2010, je suis décoré pour la première fois. Je reçois la médaille de bronze de la police nationale pour acte de courage et de dévouement à la suite d'une intervention périlleuse. Une fuite de gaz irritant était signalée dans un immeuble de quinze étages. En patrouille dans le secteur, nous sommes arrivés sur les lieux avant les pompiers. Une fillette de trois ans était déjà décédée. Nous n'avions aucun équipement, mais il y avait urgence absolue à évacuer l'immeuble. Avec cinq collègues, nous sommes parvenus à faire sortir deux cent cinquante personnes au long des quinze étages. Nous avons pris de vrais risques. Certains collègues ont été victimes de légers malaises respiratoires. Par précaution, toute l'équipe a passé une nuit en observation à l'hôpital d'Argenteuil.

Une seconde décoration, la médaille d'argent pour acte de courage et de dévouement, m'est décernée deux ans plus tard. Cette fois, c'est un feu d'appartement qui me vaut cette distinction. Proches du lieu du sinistre, nous nous étions rendus sur place, même si ce n'était pas notre mission première. Les pompiers n'étaient pas encore sur les lieux. La voisine de l'appartement en feu était affolée, affirmant qu'il y avait peut-être encore quelqu'un à l'intérieur, prisonnier des flammes. Sur le palier obscurci par une épaisse fumée, nous avons enfoncé la porte de l'appartement à coups de pied. Elle a cédé. Un énorme nuage blanc nous a submergés. Dépourvus de matériel d'intervention, nous avons dû nous contenter de nos tee-shirts en guise de masques et avons progressé à l'aveugle, sans grand espoir de trouver trace de vie. Au bout de quelques minutes, nous nous sommes dit qu'il fallait sortir. Au moment précis où nous commencions à rebrousser chemin, nous avons entendu quelqu'un tousser. Nous avons tâtonné… cherché… nous ne distinguions rien. Après quelques très longues minutes, nous avons trouvé une personne allongée sur le canapé. Nous l'avons sortie du brasier pour la transporter au pied de l'immeuble.

Demandée par notre hiérarchie, accordée par une commission et le préfet des Hauts-de-Seine, la remise de médaille donne lieu à une cérémonie très officielle. C'est un beau moment, émouvant. Ces cérémonies ont de l'importance. Elles redorent l'image du métier de policier. Pour ces interventions particulièrement risquées, il arrive même que nous ayons des primes ! Elles sont… symboliques. Dans mon souvenir, j'ai dû toucher une vingtaine d'euros pour l'évacuation de l'immeuble de quinze étages. Le juste prix du danger ? Chacun appréciera la différence avec les primes de résultats des haut gradés !

Il arrive aussi que de simples citoyens nous remercient avec des gestes spontanés. Un soir de juin 2017, nous entendons sur les ondes radio qu'une Mobylette a été dérobée sur la commune d'Asnières. Le lendemain, en patrouille, nous croisons un deux-roues correspondant au signalement. Après une petite course-poursuite, nous parvenons à stopper la Mobylette qui s'avère bien être volée. Le lendemain, le propriétaire, ravi, nous a apporté des gâteaux au commissariat et s'est fendu d'une lettre à notre commissaire : « La BAC de Gennevilliers a intercepté le voleur et récupéré mon véhicule. Je tenais à remercier votre équipe pour le travail réalisé. Merci encore pour son efficacité. » Ce sont des gestes qui n'ont l'air de rien, mais qui font très plaisir. Comme le sourire rassuré d'une victime après l'interpellation de son agresseur. C'est pour ces moments, pour rendre service aux autres, que je fais ce métier.

5

Les stups

À Gennevilliers, le trafic de stupéfiants fait vivre des familles entières. C'est aussi le lot quotidien des baqueux. J'ai interpellé certains trafiquants plusieurs dizaines de fois depuis mon arrivée ! Il existe une bonne dizaine de points de vente de shit sur la commune, que nous surveillons lors de nos patrouilles. Lorsque le trafic prend de l'ampleur, on « tape ». Interpellations en flagrant délit. Les dealers sont généralement renvoyés par le procureur devant la justice. Lorsqu'ils comparaissent pour la première fois, ils écopent de peines avec sursis. Il faut plusieurs comparutions et que le trafic concerne de grosses quantités pour qu'ils soient condamnés à des peines de prison ferme. À leur sortie, bien souvent, ils recommencent. Le casier judiciaire ne leur fait pas peur. Mieux, il assoit leur réputation. Les simples consommateurs, eux, s'en tirent en général avec un rappel à la loi. Il faut dire que, dans la cité du Luth ou ailleurs dans la commune, la population qui fume est très nombreuse et variée. On fume de 14 à 60 ans !

Il nous est arrivé d'interpeller par hasard des acheteurs n'ayant vraiment pas le profil du fumeur de shit. Comme cet homme d'une soixantaine d'années, le parfait grand-père au volant de sa vieille voiture. Je me souviens d'un autre papy, avec un petit béret sur la tête. Il nous est même arrivé d'interpeller un scout ! Il avait 16 ans et partait dans un camp, avec son short, son foulard et son sac à dos. Il voulait acheter du cannabis pour fumer le soir, avec ses copains, au coin du feu. On ne l'aurait pas soupçonné non plus ! Chez les jeunes des cités, le phénomène a pris une ampleur impressionnante. Il est rare de trouver un adolescent qui ne fume pas de shit parmi ceux qui traînent dans les halls d'immeubles. Certains sont devenus totalement accros.

Pour les jeunes, le deal est un moyen de se payer leur consommation mais aussi de reproduire le schéma installé par les grands frères. Les aînés obligent souvent les plus jeunes à commencer à faire un peu de trafic en leur promettant de l'argent facile, sans risque. Ceux qui refusent de jouer les rabatteurs, de surveiller (faire le « shouf ») ou de vendre sont frappés. En agissant ainsi, les dealers parviennent à semer la terreur dans les quartiers. Ils mettent au point des réseaux très structurés.

Volontairement ou sous la contrainte, les mineurs commencent donc à vendre du shit très jeune. Dix euros la barrette. Étant mineurs, ils ne risquent pas grand-chose, en vertu de l'ordonnance de 1945. Ils sont contents, ont l'impression de gagner beaucoup d'argent. Une fois majeurs, s'ils ont de la « chance », ils reprennent le trafic de stups à leur compte. D'autres traînent en bas des barres des cités durant des années. J'en connais qui à plus de 40 ans continuent leur petit business, la vente de barrettes. Le mythe de l'ascension sociale du dealer perdure. En réalité, cela vole rarement très haut. Il nous arrive de démanteler des plantations de cannabis, au sein même de la cité. À plusieurs reprises, en patrouillant au pied d'un immeuble, j'avais senti une drôle d'odeur. Par acquit de conscience, nous sommes retournés sur les lieux. Dans un petit appartement de deux pièces, nous sommes tombés sur une forêt d'herbe ! Deux cents pieds poussaient là, sous des lampes artificielles, en plein Gennevilliers.

Lorsqu'un jeune dealer quitte la rue, qu'il disparaît de nos radars, c'est souvent qu'il tente de lancer son propre réseau. Le phénomène en plein développement, c'est la vente par téléphone. Le client commande en envoyant des messages vaguement codés sur un téléphone, et comme les livreurs de pizza, le dealer ou ses acolytes livrent la marchandise à domicile en trente minutes chrono. Ce procédé est très fréquent lorsqu'il s'agit de cocaïne. Hormis les écoutes téléphoniques ordonnées par un juge d'instruction ou le flagrant délit « par hasard », difficile de stopper ce type de trafic.

Dépénaliser le cannabis est le serpent de mer de la politique. La proposition revient régulièrement dans le débat, au moins à chaque élection. En tant que flic de terrain, au contact quotidien de ce commerce illicite, je suis partagé sur l'intérêt d'une telle mesure.

D'un côté elle mettrait à mal le trafic et cela permettrait de faire rentrer de l'argent dans les caisses de l'État. D'un autre côté, elle priverait quantité de personnes de leur source de revenus, qu'il faudra bien remplacer. Trafic de coke, braquages, vol à main armée pourraient alors prendre le relais et, avec elle, la violence dans les quartiers.

Mon point de vue est aussi que le combat contre les stups est une vaste mascarade. Nul n'ignore d'où vient le shit. Si l'État souhaitait réellement enrayer le trafic, c'est à la source qu'il devrait taper, en contrôlant l'arrivée de la drogue depuis les pays d'Afrique du Nord, notamment. Mais ce n'est pas le cas. Les stupéfiants arrivent tranquillement jusque dans les cités de Gennevilliers et d'ailleurs. Ils minent la vie des quartiers, pourrissent le quotidien des habitants. Les jeunes dealers montent leur petit commerce dans les halls d'immeubles. Les sanctions ne sont jamais réellement appliquées, contrairement à celles qui touchent le trafic ou la consommation d'héroïne.

6

Les halls d'immeubles

Lorsque je suis arrivé à Gennevilliers, en 2005, les halls d'immeubles étaient des zones de non-droit. Les trafiquants les occupaient à longueur de journée. Les halls étaient ainsi constamment squattés par des groupes de vingt ou trente jeunes. Entre deux ventes de stups, ils passaient leur journée à boire, fumer, cracher, crier. Théoriquement pourtant, depuis la loi sur la sécurité intérieure de mars 2003 voulue par Nicolas Sarkozy, le délit « d'occupation abusive des halls d'immeubles » est passible d'une peine d'emprisonnement de deux mois ferme et 3 750 euros d'amende. Mais dans les faits, cette tolérance zéro a mis du temps à être appliquée.

Pourtant, assurer la sécurité des habitants dans les halls d'immeubles, c'est notre devoir de policiers de terrain. Avec mes collègues, nous nous y attachons quotidiennement : il s'agit d'ailleurs de l'une des missions assignées à la BAC. En pénétrant dans le hall des grandes barres de logements de la cité des Luth, ça sent le shit à plein nez. La musique hurle. Le sol est jonché de crachats, de joints et de canettes de soda. Pour ces jeunes, le respect c'est de tenir – parfois – la porte pour laisser entrer ou sortir les habitants des immeubles dont ils minent le quotidien.

La tolérance zéro consiste, concrètement, à verbaliser les jeunes pour tapage. Les patrouilles ont été intensifiées ces dernières années. Nous avons procédé à énormément de verbalisations. Ceux qui n'ont pas de papiers sur eux sont systématiquement emmenés au commissariat pour vérification d'identité.

Ce sont des interventions délicates. Dans l'absolu, il faudrait arriver en nombre pour sécuriser notre action. Dans les faits, un seul équipage, constitué de trois policiers, intervient. Un membre de l'équipe reste nécessairement à bord de la voiture pour veiller au grain – une voiture de police laissée inoccupée dans la cité, c'est l'assurance d'un saccage en règle ; en l'espace de quelques minutes, vous pouvez être certain de retrouver les quatre pneus crevés et l'intérieur du véhicule vandalisé. Les deux policiers restants arrivent donc dans un espace clos, le hall, face à vingt ou trente jeunes. S'ils sont de bonne composition, pas trop défoncés au shit et à l'alcool, cela peut se dérouler dans un calme relatif. Mais mener une action répressive est compliqué : il est quasiment impossible d'interpeller un jeune parmi vingt. Les autres ne laissent pas faire. Ils sont solidaires entre eux. Les policiers en tenue parviennent à effectuer au mieux un relevé d'identité, mais guère plus. Notre atout, en BAC, est que nous connaissons généralement tous les individus qui squattent les halls, pour les avoir contrôlés ou interpellés à plusieurs reprises. Ils hésiteront davantage à recourir à la violence verbale ou physique envers nous. Notre « fameuse » réputation de cow-boys a parfois des aspects dissuasifs…

Les médiateurs

Dans la cité, les jeunes ne respectent pas grand monde. Ils n'écoutent pas leurs parents, ne vont plus en cours, ne travaillent pas. Pour avoir de l'autorité sur ces jeunes désocialisés, les mairies estiment donc nécessaire la présence de « grands frères » qui sont passés par le même chemin chaotique, capables au besoin d'avoir recours à la violence pour se faire entendre. Depuis quelques années, ils sont apparus et se sont multipliés dans les cités, payés par les municipalités pour recréer du lien social.

Dans les faits, ce sont bien souvent d'anciens délinquants que nous avons interpellés dans le passé à de multiples reprises. À Gennevilliers, je connais un médiateur que j'ai déjà appréhendé plus d'une dizaine de fois, notamment pour trafic de stupéfiants. Parfois, en patrouille, nous remarquons la présence d'un nouveau médiateur, reconnaissable à son tee-shirt sur lequel le terme « Médiation » est inscrit. En approchant, on s'aperçoit que nous le connaissons bien, son casier judiciaire également, long comme un jour sans fin. Entre collègues, on rit jaune : « Tiens, on aura vraiment tout vu ! C'est la blague du jour. »

La présence de ces médiateurs est à double tranchant. Ils ne sont souvent pas, ou peu formés. Même s'il souhaite accomplir loyalement sa mission, le médiateur – étant de la cité – ne prendra jamais parti pour la police. Il le voudrait qu'il ne le pourrait pas… Il peut aussi arriver qu'il monte les jeunes contre nous. Nous sommes alors aux antipodes de la médiation. J'ai vécu ce genre de situation à plusieurs reprises. J'ai vu plus d'une fois un médiateur arriver sur une interpellation se déroulant dans une atmosphère tendue tenter d'aider le jeune à se soustraire à l'interpellation et à prendre la fuite. Pénalement, c'est une obstruction à une interpellation. Nous évitons généralement de placer le médiateur en garde à vue, mais cela ne nous facilite pas la tâche.

Objectivement, j'ai du mal à trouver dans les cités de Gennevilliers des retombées positives à la présence des médiateurs. En revanche, autour des écoles, ils font de la prévention pour éviter les bagarres entre bandes. Dans ce domaine, leur action est efficace.

Ces médiateurs sont aussi un moyen pour les mairies de réduire le chômage avec des emplois aidés, d'acheter la paix sociale. Mais payer un jeune pour qu'il reste en bas de son immeuble, est-ce vraiment une solution ?

7

Le poids de la religion

À Gennevilliers, la religion musulmane tient une place très importante. Il suffit pour le constater de rester assis quelques minutes dans différents coins de la ville et d'observer. À La Réunion, toutes les religions coexistent et se mélangent en bonne intelligence. Elles sont visibles partout. Les mosquées jouxtent les églises, les cathédrales, les temples hindous et chinois. Mais lorsque j'ai découvert Gennevilliers en 2005, l'omniprésence de la religion musulmane m'a frappé.

Cela peut engendrer des difficultés. Certains hommes refusent par exemple d'être contrôlés par une femme policière. Il arrive qu'ils tentent d'interdire aux collègues féminines de parler ou refusent de leur dire un simple bonjour. Nous leur demandons systématiquement pourquoi. Ils rétorquent que leur religion le leur interdit. Schéma inverse à l'accueil du commissariat : lorsqu'une femme musulmane se présente, par exemple pour déclarer la perte de son permis de conduire, elle peut refuser de parler au policier qui est de permanence, exigeant d'avoir affaire à une femme.

Gennevilliers ne constitue pas une exception. Les affaires de ce genre sont de plus en plus fréquentes. À Caen, en mai 2017, une policière a été blessée lors d'une intervention. Les forces de l'ordre avaient été appelées après une série de rixes. Un homme de 35 ans a tenté de prendre la fuite, les collègues l'ont poursuivi. L'homme s'est alors retourné, a détaché la ceinture de son pantalon et a frappé la policière, la blessant à l'avant-bras. Amené au commissariat, il a expliqué qu'il n'avait pas supporté d'être contrôlé par une femme en période de ramadan, période pendant laquelle hommes et femmes doivent s'abstenir de relations du lever au coucher du soleil.

Dans certains quartiers, en France, en 2017, les femmes vivent un quotidien difficile. Ce n'est pas une *fake news*. Dans le quartier Chapelle-Pajol, entre les Xe et XVIIIe arrondissements, les femmes ne peuvent plus se déplacer seules sans essuyer insultes et remarques de la part des hommes. Depuis 2016, les habitants ont constaté l'arrivée de groupes de dizaines d'hommes seuls, vendeurs à la sauvette, dealers, migrants et passeurs. Ils occupent les rues, harcelant les femmes. Porter une jupe est devenu périlleux. Passer devant un café « réservé aux hommes » l'est également.

Ces difficultés, dont les médias se font de plus en plus l'écho, levant ainsi le tabou et ouvrant le débat, ne sont en réalité pas nouvelles : elles existent à Gennevilliers depuis que j'y travaille, dans une moindre mesure cependant. À Gennevilliers, de fait, certains bars sont uniquement fréquentés par des hommes. Les femmes n'osent pas s'y aventurer.

L'ambiance y est très particulière. Si une femme entrait, elle serait vite cataloguée et essuierait des critiques acerbes.

À mon sens, c'est une grave erreur de laisser dériver ainsi certaines zones du territoire. L'unique réponse face à ces comportements devrait être la tolérance zéro. Si la police en avait les moyens, et surtout si le pouvoir politique en avait le courage, il faudrait renverser la donne et harceler les harceleurs : mener des contrôles d'identité en permanence, ne laisser passer aucune infraction, de la contravention au délit : du simple jet de détritus au tapage, en passant par les faux documents administratifs ou les petits trafics et la vente à la sauvette. Chaque infraction devrait être verbalisée et faire l'objet d'une poursuite systématique devant les tribunaux compétents. Pour ce genre d'action, il faut non seulement plus de policiers sur le terrain, mais aussi un renforcement des systèmes de vidéosurveillance. Ces dernières années, Gennevilliers s'est dotée de nombreuses caméras. Pour nous, policiers, il s'agit d'un outil extrêmement utile et efficace. La vidéo permet de repérer et de traiter plus efficacement la grande mais surtout la petite délinquance, la plus difficile à vivre au quotidien pour les habitants. Enfin, il est indispensable que les peines prononcées soient exécutées.

Derrière l'omniprésence de la religion se profile l'ombre de la radicalisation. Nous constatons depuis quelques années que cela concerne de plus en plus de personnes, pas forcément celles auxquelles l'on pouvait s'attendre. Au hasard des contrôles, il nous arrive de découvrir que d'anciens petits délinquants, trafiquants de shit ou autres, se sont radicalisés. Certains sont même fichés S. Le scénario est toujours peu ou prou le même : ils disparaissent des radars ; les mois passent, ils réapparaissent dans le quartier, mais leur apparence a changé. Barbe et tenue traditionnelle remplacent le survêtement de marque et la casquette. Ils ne traînent plus au pied des immeubles et font scrupuleusement la prière. Mais le plus surprenant est que ces jeunes radicalisés fument parfois du shit et boivent de l'alcool. Ils peuvent être délinquants l'après-midi et aller à la mosquée le soir.

À Gennevilliers il y a une mosquée, mais elle ne se situe pas dans la cité. Une autre, illégale, existait, qui a été fermée après l'entrée en vigueur de l'état d'urgence. Elle était salafiste. Nous savons aussi qu'il existe de plus ou moins discrètes salles de prière.

L'interdiction du voile : une vaste hypocrisie

La loi du 11 octobre 2010 interdit de « dissimuler son visage » dans l'espace public, notamment à l'aide d'un masque, d'une cagoule ou d'un voile islamique intégral. La burqa (qui cache entièrement le corps, y compris les yeux derrière un tissu à mailles) et le niqab (qui couvre le visage pour ne laisser apparaître que les yeux) sont donc proscrits – en théorie. La loi s'applique sur l'espace public, c'est-à-dire les voies publiques, les transports en commun, les commerces, les musées, les cinémas, les bibliothèques, les écoles et tous les services publics : postes, hôpitaux, administrations et tribunaux.

L'interdiction du voile, c'est la parfaite illustration d'un double discours. Officiellement, le voile est donc proscrit, mais dans les faits qui applique vraiment cette loi ? À chaque fois que j'ai été témoin de tentatives pour l'appliquer, cela s'est mal terminé. Contrôler une femme voilée génère automatiquement des tensions. Généralement, face à l'attroupement que cela provoque, les collègues doivent abréger le contrôle. Récemment une note administrative a été diffusée, nous enjoignant de réduire les contrôles, notamment aux abords des mosquées. La note exige du « discernement dans l'application de la loi ». Jusqu'où doit aller ce « discernement » ? Devons-nous purement et simplement fermer les yeux ?

La religion dans la police

Dans notre corporation, il y a énormément de non-pratiquants. Mais la religion n'est pas un sujet tabou. Il n'est, par exemple, pas mal vu d'être musulman pour un policier, même s'il arrive que des dérives se produisent. Ainsi, un collègue commençait à faire régulièrement ses prières dans le commissariat. Cela n'a pas duré très longtemps. Un autre parlait énormément de religion, à la limite du prosélytisme. Les cas de radicalisation existent-il dans la police ? Comme le rapportait le journal *Le Parisien* en mars 2016, la préfecture de police surveille de près les cas de radicalisation au sein de l'institution. Selon un rapport de la DSPAP (Direction de la sécurité de proximité de l'agglomération parisienne), entre 2012 et 2015, 17 cas de radicalisation ont été répertoriés (sur les 27 000 policiers et agents de surveillance de la région parisienne), avec un accroissement notable en 2014. Le 27 juin 2017, un gardien de la paix débutant, suspecté d'avoir aidé son frère, écroué dans un dossier de filière djihadiste, a été mis en examen pour association de malfaiteurs et escroquerie en lien avec une entreprise terroriste. Placé sous contrôle judiciaire, il a interdiction de porter une arme. Les fonctionnaires concernés sont généralement jeunes, entrés dans la police en tant qu'adjoints de sécurité à la fin des années 2000 et passés par le concours interne pour intégrer la police nationale. Ils sont désormais policiers à part entière, disposent évidemment d'une arme de service et ont accès aux fichiers de police. Les cas relevés et suivis portent sur des atteintes au principe de laïcité dans les commissariats, notamment : prières, diffusion de chants religieux en patrouille, refus de participer à une minute de silence ou encore de protéger une synagogue. Ils ne concernent que des policiers « de base ». Aucun cas de radicalisation d'un policier n'est répertorié dans la hiérarchie.

Le journal *Le Parisien* évoque notamment le cas d'un collègue de mon commissariat qui serait soupçonné de radicalisation. Lors d'une patrouille, il aurait profité d'un arrêt à la boulangerie pour aller acheter des burqas pour sa femme. Depuis que ces informations sont sorties dans la presse, il est en arrêt maladie de longue durée.

8

Les bavures

« Vous les flics, vous êtes les rois de la bavure, une bande de ripoux, prêts à tout, violents. Vous aimez cogner. »

Il est malheureusement fréquent, dans la vie quotidienne d'un policier, d'entendre des propos de ce type. L'affaire Théo a été à cet égard particulièrement destructrice pour l'image de la police auprès de la population. Au départ de l'affaire, l'interpellation à Aulnay-sous-Bois (Seine-Saint-Denis), le 2 février 2017, d'un jeune homme de 21 ans, Théo L., par quatre policiers de la brigade spécialisée de terrain (BST).

Comme souvent, dans les premières heures, l'affaire paraît limpide, à en croire les comptes rendus qu'en font les médias : en résumé, les policiers ont voulu interpeller Théo et lui ont enfoncé une matraque dans les fesses. Un viol. Le jeune homme souffre d'une déchirure de plusieurs centimètres à l'anus qui nécessite une intervention chirurgicale. Indignation dans la presse et sur les réseaux sociaux. Les jeunes du quartier expriment leur colère durant plusieurs nuits en se livrant à des violences urbaines. Les politiques entrent dans la danse. Le chef de l'État rend visite au jeune homme, à l'hôpital Robert-Ballanger d'Aulnay-sous-Bois, quelques jours après les faits. François Hollande salue « un jeune qui a toujours été connu pour un comportement exemplaire », issu d'une « famille qui veut vivre en paix, en rapport de confiance avec la police ». Dans le même temps, en campagne pour Emmanuel Macron, Gérard Collomb, devenu ministre de l'Intérieur quelque temps après, suite à la victoire d'Emmanuel Macron à la présidentielle, adresse lors d'un meeting ses « chaleureuses pensées pour Théo et ses proches ». De nombreux élus se fendent à leur tour d'une déclaration, pour accompagner et renforcer un peu plus l'émotion du moment. Entre temps, les quatre policiers sont mis en examen. L'un pour « viol », les trois autres pour « violences aggravées avec arme ». Pour l'opinion publique, aucun doute n'est permis : il s'agit d'une bavure policière, particulièrement sordide et humiliante. Encore un coup de ces « salauds de flics ». Sur les réseaux sociaux, tous les policiers sont devenus des violeurs. Je vois passer une véritable déferlante de messages haineux sur Facebook, et même des appels au meurtre : « Avis de recherche XXX [le nom et la photo d'un policier qui n'a par ailleurs rien à voir avec l'affaire Théo], violeur à matraque. Si vous le croisez, tuer [*sic*] le, qu'il crève. » Un autre post sur Facebook donne l'adresse et le numéro de téléphone du même policier. Un internaute répond : « Dans le 06, un bon flic est un flic mort. Dans le 92, un bon flic est un flic mort.

Dans les quartiers nord, un bon flic est un flic mort. Un bon flic mort. Un bon flic mort. À tous mes frères encore en cage, je leur rends hommage. Rêve de prendre un porc en otage. Mon plus beau tatouage c'est mon "mort aux vaches". Ces trompettes[1] font les caïds en nous contrôlant, ça me donne des barres de rire. J'aime le rappeler que d'où je viens ça tire au lance-roquettes sur des gendarmeries. De moins en moins font des appels de phare avant les barrages de schmitt. Si tu baises la femme d'un flic, insulte son mari quand tu lui arraches le string. » Un autre message montre la photo du même policier avec sa femme et ce message : « C'est lui le keuf qui a violé Théo. Faites tourner la photo et violez sa meuf. »

Un de mes collègues, qui n'a rien à voir avec l'affaire Théo, reçoit une série de SMS anonymes : « Va te suicider comme la majorité de tes confrères. » « Des faibles qui se tirent une balle dans la tête. » « Le corps de métier où il y a le plus de cocus. »

Des centaines de messages comme ceux-là circulent, en toute impunité. Il est sans doute complexe de rechercher sur les réseaux sociaux leurs auteurs et la justice le fait trop rarement. Les politiques ne réagissent pas face à ces appels à la haine et aux meurtres. Pour tous, la cause est entendue : avant même les conclusions de l'enquête, les policiers d'Aulnay sont coupables, forcément.

Et pourtant, dans les jours et les semaines qui suivent, le déroulement des faits ne semble plus si simple. Pour commencer, l'enquête de l'IGPN livre ses

---

1. Peureux.

conclusions, quinze jours après les faits : « L'interpellation était légitime, l'usage de la force était légitime, seules les conséquences de l'intervention – blessure anale – sont disproportionnées sans qu'on soit en mesure de déterminer les responsabilités, à ce stade. » Quant au caractère intentionnel du viol, « il n'est pas établi ». Le policier aurait cherché à faire plier la jambe de l'intéressé qui se débattait. C'est à ce moment que la matraque l'a blessé à l'anus.

Le 3 mars, un mois après les faits, Théo est auditionné par le juge d'instruction et ses déclarations apportent de nouvelles zones d'ombre. Juste après les faits, il affirmait que le policier lui avait « enfoncé le bâton dans les fesses après avoir écarté le caleçon sur le côté », qu'un autre policier lui « tenait les jambes » et qu'un troisième le maintenait « légèrement incliné debout ». Mais entre-temps, les images de vidéosurveillance et les images amateurs ont pu être décryptées avec soin. Il apparaît que le pantalon trop large du jeune homme a glissé de lui-même. Théo reconnaît que le geste du policier qui a fait glisser son pantalon n'était probablement pas volontaire.

J'ignore pour ma part ce qu'il s'est réellement passé le 2 février 2017 à Aulnay-sous-Bois. Mais je sais que les policiers, comme tous les citoyens, ont droit à la présomption d'innocence. Dans l'affaire Théo, comme à chaque fois qu'il y a des accusations de bavure, cette présomption n'a pas été respectée. Nous, les policiers de terrain, attendions, espérions, une réaction rapide de notre hiérarchie et des politiques pour rappeler simplement ce principe de présomption d'innocence. Je ne les ai pas entendus, hormis pour condamner les bavures. Je n'attends pas de la hiérarchie qu'elle défende l'indéfendable. Mais tant que la culpabilité n'est pas avérée, son devoir est de soutenir les policiers. En tant que policiers, nous avons parfois le sentiment d'être maltraités par le système médiatique. La parole des politiques semble avoir davantage d'importance que la nôtre. Notre voix est rarement prise en compte. L'affaire Théo en est une nouvelle illustration. Le jugement médiatique était déjà prononcé alors même que l'enquête n'avait pas débuté. Cela contribue à la surenchère. Beaucoup de collègues pensent même que les journalistes sont manipulés par le gouvernement.

Des milliers d'interventions policières se déroulent chaque année, sans que l'on en parle. Certes, les dérapages existent, et nul n'est à l'abri d'une erreur, d'un geste de trop. Pendant une intervention, la frontière est ténue. Lors d'un contrôle, quand un individu se met à insulter et provoquer les policiers, il peut être délicat de garder la totale maîtrise de la situation. La tension peut monter rapidement. Heureusement, un policier n'est jamais seul en intervention, et si besoin, un collègue peut prendre le relais pour faire redescendre la tension. Cela m'est arrivé. En tentant de maîtriser au sol un délinquant qui venait d'agresser un policier, je l'ai serré sans doute trop fort. Un collègue a stoppé mon geste et a su gérer la situation.

Dans ce métier, nous avons tous conscience qu'il n'y a pas d'affaire banale, de « petite » intervention. Chaque situation, même la plus anodine, comporte des risques. Plus d'une fois, ma carrière aurait pu basculer et s'arrêter net. Il y a quelques années, nous sommes intervenus pour mettre fin à un trafic de stupéfiants. Il faisait nuit noire, nous étions dans une cour d'immeuble pas éclairée. Nous savions que les trafiquants, potentiellement armés, étaient considérés comme dangereux. Alors que nous étions cachés derrière des poubelles, le chef du réseau a surgi subitement. Je distinguais sa silhouette dans la pénombre, et l'ai vu pointer quelque chose vers nous. En un éclair, il s'est mis à hurler : « Je vais vous fumer ! » J'ai sorti mon arme. Que tenait-il dans la main droite ? Était-ce une arme ? Devais-je tirer avant qu'il ne le fasse ? Valait-il mieux attendre ? Dans ce genre de situation, les questions tournent à mille à l'heure. La scène a duré une fraction de seconde. Finalement, personne n'a tiré. La tension est retombée d'un cran et nous avons pu entamer le dialogue avec lui. Il s'est avéré que notre homme n'avait pas d'arme sur lui. Au final, l'opération s'est transformée en un banal contrôle d'identité. Le dealer présumé n'avait aucune substance illicite sur lui. Pas d'interpellation. Ce n'était même plus une affaire, tout juste un banal contrôle d'identité. Nous sommes ressortis de l'immeuble, tout simplement. Moral de l'histoire : la fraction de seconde où j'ai senti ma vie en danger aurait pu me coûter ma carrière… ou ma vie. Avant d'entrer dans l'immeuble, j'étais policier pour vingt ans encore. En sortant, si j'avais commis une erreur de jugement et tiré sur le type, je serais parti directement en prison. La légitime défense repose sur le principe d'absolue nécessité et de stricte proportionnalité. Comment juger objectivement une telle situation dans l'obscurité ? Comment aurais-je pu expliquer à un juge qu'il faisait trop sombre et que j'ai cru que le gars en face allait me tirer dessus ? Croyez-vous qu'il m'aurait cru une seule seconde ? C'est pourtant ce qui a failli se produire…

Avec les collègues, nous en discutons régulièrement. Nous savons que ce genre d'erreur de jugement peut se produire à chaque intervention. Ce sont les risques du métier.

Pour la police, il n'existe aucune impunité en cas de faute ou de manquement. Pour preuve, cette statistique : les policiers ne représentent que 8 % des effectifs de la fonction publique d'État, mais ils se voient infliger plus de 50 % de l'ensemble des sanctions prononcées dans l'ensemble de celle-ci.

La police a certes besoin d'un contrôle interne. Il y a, parmi les 144 000 policiers de France, quelques brebis galeuses, comme dans toutes les professions d'ailleurs. Des collègues peuvent être impliqués dans des affaires de proxénétisme, de viol ou d'association de malfaiteurs. Cela s'est déjà vu, et il n'y a aucune raison pour que ceux-là soient épargnés ou protégés. L'IGPN veille au grain, même si parfois, nous avons le sentiment qu'elle mène des enquêtes à charge. J'ai des collègues qui ont subi de vraies injustices. L'un de mes amis a été accusé de viol par une personne connue pour être mythomane, alcoolique et exhibitionniste. Elle était une habituée du commissariat. Après une énième interpellation, elle est allée à l'IGPN pour le dénoncer, affirmant avoir été violée. Ils se sont rendus chez lui, ont mené une perquisition en règle, fouillé son ordinateur, il a passé la nuit à l'IGPN. Il a finalement été blanchi, mais cette histoire lui a ensuite collé à la peau : elle l'a cassé. Il a fini par demander sa mutation.

La plupart des collègues sont « invités » au moins une fois dans leur carrière à l'IGPN. Cela m'est également arrivé une première fois dans une affaire abracadabrantesque. Nous avions été appelés en renfort dans une ville voisine car une personne était barricadée chez elle après avoir caillassé les forces de l'ordre. Elle nous a insultés et nous a claqué la porte au nez. Une intervention finalement banale. Mais deux mois plus tard, convocation à l'IGPN. Nous étions accusés d'avoir proféré des insultes et cassé sa porte d'entrée. Des accusations parfaitement imaginaires. Mon audition, comme celle de tous les collègues présents sur les lieux, a duré deux heures. J'ai remarqué que des individus mis en cause et amenés au commissariat sont mieux accueillis qu'un policier auditionné à l'IGPN. Les enquêtes durent généralement très longtemps, et nous n'avons souvent aucun retour. Je n'ai par exemple jamais eu de nouvelles à la suite de cette convocation.

Pour faire face aux allégations de toute sorte, aux accusations de bavure, certains fonctionnaires de vingt-trois zones de sécurité prioritaires sont équipés à titre expérimental, pour une période d'un an, de caméras portables, type GoPro, qu'ils portent sur eux en permanence. Ces caméras filment l'ensemble d'une intervention et permettent donc d'apporter des éléments visuels et sonores objectifs en cas de mise en cause des agissements des policiers. Ce système gagnerait à être généralisé rapidement, car il permettrait d'éviter les rumeurs et les informations tronquées.

Non contents d'être prétendument auteurs de bavures ou violents dans l'imaginaire collectif, une autre idée reçue voudrait que tous les flics soient d'extrême droite. Sans doute parce que nous incarnons l'autorité. Comme toujours, la réalité est bien plus riche et complexe. La politique n'est pas un sujet dont nous parlons facilement entre nous, même s'il est vrai que nous portons bien évidemment un regard attentif sur l'aspect sécuritaire des programmes des candidats. Pour autant, sommes-nous tous des soutiens du Front national ? Jugez plutôt : dans mon commissariat, lors des dernières élections professionnelles, un syndicat réputé d'extrême droite a fait deux voix sur cent votes, soit 2 %. Au niveau national, ce syndicat a rassemblé 5 % des suffrages. Je ne sens pas une montée de l'extrême droite ces derniers temps dans la police. L'électorat de Marine Le Pen est acquis, mais c'est un fantasme de croire que les flics votent massivement Front national.

Autre fantasme répandu : les flics sont racistes, forcément. C'est faux ! Dans mon commissariat, les fonctionnaires sont à l'image de la population française : d'origine diverse. Il y a parmi nous des Européens, des Arabes, des Noirs, des Chinois. Depuis 1997, époque des premiers emplois jeunes (des adjoints de sécurité) au sein de la police, le métier s'est davantage ouvert à des personnes issues de l'immigration. Nos collègues blacks ou beurs, d'ailleurs, n'ont pas la vie plus facile que les autres. Souvent les policiers africains sont pris à partie dans la cité, traités de « traître » ou de « Bounty » : noir à l'extérieur, blanc à l'intérieur. Des policiers noirs, métis, arabes, cela bouscule les idées reçues, y compris parmi les rangs de la police. Comme le souligne le médiateur de la police nationale dans son rapport de 2015 : « Dans leur écrasante majorité, les policiers et leur hiérarchie sont attachés aux valeurs républicaines et combattent les propos et comportements racistes. » Est-ce à dire que ce type de comportement n'existe pas dans la police ? Je n'en ai personnellement jamais été témoin, mais le médiateur indépendant de l'institution explique avoir reçu plusieurs fonctionnaires issus de l'immigration se plaignant de subir des discriminations ou des propos racistes : injures, blagues racistes, réflexions sur leurs origines ou leur religion.

La plupart du temps, ces policiers, s'ils avertissent le médiateur, refusent de saisir les tribunaux ou l'IGPN, craignant d'être davantage stigmatisés ou d'entrer dans de longues procédures qui fragiliseraient encore leur situation. Comme le souligne le médiateur dans son rapport, « pour ces policiers, dont le choix professionnel s'est parfois effectué au prix de la réprobation familiale ou communautaire, il est particulièrement insupportable de subir le racisme de leurs collègues [...] Les tragiques événements de 2015 (les attentats) ont attisé les tensions et la méfiance. Il convient, au sein des services, d'être très vigilant afin de ne pas laisser se développer silencieusement un racisme très résiduel mais inacceptable. »

L'image du policier raciste est tenace, notamment en raison des accusations de contrôle au faciès. Disons les choses simplement : à Gennevilliers, statistiquement parlant, il y a une forte population étrangère. Alors nécessairement, nous sommes amenés à contrôler proportionnellement davantage d'étrangers. Mais on ne « s'amuse » pas à contrôler un individu en raison de la couleur de sa peau. Ce n'est pas une infraction.

À une époque, je travaillais dans une brigade qui s'occupait entre autres des interpellations d'étrangers en situation irrégulière. C'est une évidence : pour effectuer ces interpellations, nous ne contrôlons pas prioritairement les personnes ayant l'apparence d'un Européen de l'espace Schengen. Lorsque nous opérions à la gare de Gennevilliers, nous tentions quand même d'assurer une sorte d'équilibre pour ne pas donner l'impression que seuls les non-Européens étaient ciblés et que nous faisions effectivement du contrôle au faciès. Alors nous contrôlions aussi les Européens de passage, en sachant pertinemment qu'il y avait peu de chances que nous trouvions des sans-papiers parmi eux.

À l'initiative de certaines associations antiracistes, plusieurs partis politiques souhaitent que les policiers fournissent un récépissé aux personnes contrôlées. Cela permettrait, selon ces associations, de mettre en évidence le fait que les jeunes issus de l'immigration subissent bien plus de contrôles que les autres. Mais dans les faits, elle me semble inutile et même aberrante. À quoi rime-t-elle ? Nous ne contrôlons pas pour le plaisir ou pour persécuter les gens ! Si dix minutes après un contrôle, nous sommes amenés à intervenir sur un vol à main armée, il est évident que toutes les personnes correspondantes au signalement fourni seront à nouveau contrôlées, récépissé ou non. Il s'agit d'une mesure purement démagogique, destinée à caresser certaines associations dans le sens du poil. De plus, cette paperasserie supplémentaire ne ferait qu'alourdir encore nos missions.

III

POLICIER, MISSION IMPOSSIBLE ?

1

Usure et désillusion

Au fil des années, la difficulté de notre quotidien professionnel, les multiples dysfonctionnements finissent par devenir usants. Moi qui étais si motivé lors de mes débuts, je constate qu'une forme de désillusion s'installe subrepticement. Il n'était pas rare que nous allions au-delà de nos heures de service. L'envie de bien faire nous poussait à poursuivre nos patrouilles, débusquer des affaires. Nous ne comptions ni nos efforts ni notre temps. Tout cela appartient au passé.

Voir des collègues blessés en service, laissés sans assistance suffisante par la hiérarchie, provoque un immense dégoût. Malgré les belles promesses, les effectifs se réduisent. Nous manquons de matériel adapté à nos besoins. Et surtout survient le sentiment décourageant que le travail d'un policier motivé et consciencieux ne vaut pas plus que celui d'un tire-au-flanc. Je connais des collègues qui sont en arrêt maladie depuis dix ans, sans aucune conséquence. J'ai ainsi deux collègues que je n'ai vus que deux fois en dix ans : ils enchaînent maladie et dépression. C'est la limite de la fonction publique. Un fonctionnaire qui choisit, par motivation, d'en faire davantage que les autres, s'expose davantage, mais n'est jamais récompensé.

Le meilleur moyen de ne pas sombrer dans le découragement et l'aigreur est de changer de brigade. De nouvelles missions, de nouveaux collègues, voilà qui redonne un coup de fouet au moral. Mais l'effet de ce remède ne dure jamais bien longtemps, et la déception reprend rapidement le dessus.

Du matériel défaillant

Si l'on croit l'adage selon lequel un bon ouvrier doit avoir de bons outils, nous sommes de bien piètres policiers. Nos outils de travail sont en mauvais état, technologiquement dépassés et bien souvent tellement usagés qu'ils ne servent à rien. C'est le cas de nos casques : les visières en Plexiglas sont tellement rayées qu'on ne voit plus au travers. Comme pour le reste du matériel, il faut des mois pour en obtenir des neufs. Alors on bricole, on se débrouille… Les délinquants doivent bien rigoler quand ils se rendent compte que notre « bélier » qui sert à enfoncer les portes est en réalité un poteau de stationnement sur lequel nous avons dû, nous-mêmes, souder des poignets de fortune. Mais le système D ne marche pas toujours : on ne peut quand même pas fabriquer des voitures à pédales ! Or nos véhicules de service, des Renault Kangoo ou Peugeot Expert, sont loin de correspondre à nos besoins. Ces voitures sont totalement inadaptées aux missions des policiers. Pire, à l'heure d'Internet et de la communication instantanée, nous disposons d'un système radio qui n'a pas changé en... vingt-trois ans ! Détail amusant, il s'appelle Acropol. Un nom qui évoque à lui seul l'Antiquité... En 2002, huit ans seulement après sa mise en service, Acropol faisait déjà l'objet de nombreuses critiques. À l'époque, les ratés de ce système avaient eu de lourdes conséquences. Un fourgon de la Brink's avait été attaqué à l'explosif en Seine-et-Marne. Les coupures et pertes de relais des transmissions radio avaient rendu impossible la bonne coordination des équipes de police pour poursuivre les auteurs du braquage. Résultat, deux personnes, dont un policier, avaient été blessées. Aujourd'hui encore, les ondes radio d'Acropol « décrochent » souvent, notamment en milieu urbain. Pas facile de travailler dans ces conditions ! Quant aux téléphones portables, chacun doit utiliser le sien, acheté par ses soins. Pourtant, des informations officielles transitent par ces téléphones et l'application WhatsApp est devenue un précieux outil de travail dans la police. Elle permet de faire circuler les infos très rapidement. Auparavant, les informations utiles avaient du mal à parvenir à destination et le réseau de transmission était tortueux. Elles devaient remonter du terrain vers la salle de commandement, transiter d'une salle de commandement à une autre, avant d'éventuellement redescendre vers d'autres policiers de terrain. Aujourd'hui, avec WhatsApp ou Telegram, les infos nous arrivent instantanément. Si un vol à main armée est commis dans la commune voisine, les collègues nous préviennent en temps réel, ce qui nous permet d'être immédiatement au fait de la situation et d'intervenir en connaissance de cause au cas où les auteurs passeraient sur notre territoire. Ces groupes WhatsApp ont d'abord été mis en place par des policiers de terrain. Concrètement, nous avons aujourd'hui en permanence un œil dessus. Ils décrivent toute la vie du commissariat, des dernières fiches de recherche, depuis le signalement d'un vélo volé, avec transmission de photo, la réouverture d'un bar que nous avions fait fermer, jusqu'à la fuite d'eau des toilettes du commissariat qui a inondé la salle de sport.

Voilà pour le côté pile des réseaux sociaux. Malheureusement, ils ont aussi leur côté face, le côté négatif, celui qui sert à vilipender la police. Les appels aux meurtres de policiers circulent régulièrement sur Facebook. Il en est de même pour des vidéos amateurs tournées lors d'interventions policières, montrant des bavures présumées. Ces images, bien souvent tronquées, partielles et orientées, se viralisent en quelques minutes. Il nous est impossible de rectifier la réalité des faits. La police n'est pas armée pour faire face à ces phénomènes de « bad buzz ».

Le salaire de la peur

Ce ne sont pas nos rémunérations qui vont venir compenser des moyens de travail aussi désastreux. En début de carrière, mon salaire en tant que policier stagiaire était d'environ 1 450 euros net. Lorsque je suis devenu titulaire, il est passé à 1 600 euros. Un adjoint de sécurité gagne 1 300 euros. Aujourd'hui, alors que nous sommes devenus l'une des cibles des terroristes, quel est le juste prix des risques encourus ?

Pour ma part, avec l'ancienneté et mon grade de brigadier, je gagne 2 300 euros net par mois, depuis 2015. Pourtant, j'aurais dû percevoir ce salaire bien plus tôt, puisque j'ai passé et obtenu mon examen de brigadier en 2010. Mais l'administration est ainsi faite qu'elle vous incite à passer des concours, mais ne vous donne pas le poste équivalent par la suite. Malgré l'obtention de mon grade sur le papier, j'ai dû attendre 2015 – cinq ans ! – pour occuper réellement une fonction de brigadier et obtenir l'augmentation de salaire correspondante. Je suis loin d'être un cas isolé. Selon le rapport 2015 du médiateur de la police nationale, 12 000 titulaires de la qualification de brigadier sont en attente d'un avancement effectif. Un dysfonctionnement imputable à une succession de réformes de la gestion des carrières dans la police, en 2004 et 2012. Il s'agissait notamment d'accélérer le déroulement de carrières des policiers. Des réformes jugées « coûteuses, à l'efficacité limitée » par la Cour des comptes, dans un référé adressé au ministre de l'Intérieur le 3 février 2015. Les magistrats de la rue Cambon y dénoncent l'« absence de vision stratégique ». « À l'aune d'une carrière, l'attente pendant sept, huit ou neuf ans d'une promotion, que l'on pense mériter par la vertu de la réussite à un examen professionnel, ressemble à une éternité ! » écrit de son côté le médiateur de la police nationale en 2015 dans son rapport annuel. Pour ma part, j'ai attendu « seulement » cinq ans. J'imagine que je devrais donc m'estimer heureux…

Nous travaillons par cycles. Quatre jours de service en horaires de jour, deux jours de repos, puis quatre jours en horaires de nuit (18 heures à 2 heures du matin) et à nouveau deux jours de repos. Travailler le week-end et la nuit est l'ordinaire d'un policier. Le travail de nuit est éprouvant, pas idéal pour la vie de famille, mais dans certaines professions, cela permet d'arrondir les fins de mois avec les primes afférentes. Pas dans la police. Une heure de nuit travaillée rapporte… 97 centimes ! Et encore, c'est le résultat de l'addition de deux primes. Un policier qui travaille toutes les nuits gagne une centaine d'euros en plus à la fin du mois. Dans les commissariats de banlieue ou ceux de régions, nous n'avons pas non plus de cantine ou de Chèque Restaurant (certains commissariats parisiens disposent de cantines). Et d'ailleurs, sur le terrain, la pause déjeuner reste une notion très aléatoire… Il est fréquent que je prenne mon service à 11 heures et que je passe ma journée à faire la surveillance pour une voiture volée. Ces jours-là comme d'autres, elle passe à la trappe !

La hiérarchie tente souvent de jouer sur la motivation des troupes pour tirer un peu sur la corde et en demander toujours plus. Je me souviens avoir travaillé, plusieurs jours durant, sur la surveillance d'un réseau de trafiquants de drogue que nous allions faire tomber. « On tape demain, bien sûr tu viens, c'est la récompense, le plaisir de terminer une affaire », nous a dit le patron. Bizarrement, il s'agissait justement d'un jour de repos. Les heures supplémentaires sont très rarement payées. Autant dire que cette forme de chantage peut fonctionner les premières années, mais pas davantage.

Des entraînements occasionnels

En théorie, un policier suit, tout au long de sa carrière, des formations et des entraînements pour être apte à utiliser les nouveaux matériels et rester en bonne forme physique. À l'école de police, le sport est omniprésent et le niveau exigé assez élevé, en course à pied notamment. Mais une fois le diplôme obtenu, dans les faits, d'entraînement sportif il n'est plus question. En douze ans de service, je n'en ai pas fait un seul ! Il y a pourtant des textes réglementaires qui y font référence et prévoient deux heures d'entraînement hebdomadaires, pour tous les personnels actifs de la police nationale. Le commissariat de Gennevilliers ne fait pas exception, loin de là : à ma connaissance, aucun commissariat des Hauts-de-Seine n'organise de séances de sport. Il y a quelques années, avec mes collègues de la BAC, nous avons tenté d'en prendre l'initiative. Il s'agissait de s'entraîner deux heures, deux dimanches par mois. Au bout de quelques semaines, la hiérarchie nous a demandé d'arrêter, car ces séances avaient un inconvénient majeur à ses yeux : elles se déroulaient pendant nos heures de service. Motif invoqué : « Pas assez d'effectifs de police affectés sur le département. »

Le seul entraînement régulier auquel nous sommes soumis, ce sont les séances de tir. Chaque policier doit en faire trois par an, c'est le minimum obligatoire. Pour la BAC, ce chiffre est porté à cinq. Dans les Hauts-de-Seine, le centre d'entraînement au tir est à Villeneuve-la-Garenne. La séance y dure rarement plus d'une heure et se limite parfois à vider un chargeur sur une cible. Et parfois, il faut reporter certains entraînements à une date ultérieure : il arrive que dès le mois de septembre, il n'y ait plus de cartouches. Le stock annuel est épuisé…

Avec la montée en puissance des actes terroristes, nous disposons désormais de nouveau matériel (voir le chapitre « Les attentats »). De nouvelles procédures, adaptées à la menace, ont été mises en place. Nous devons par exemple être capables de mener une colonne d'assaut. Mais cela ne s'improvise pas, et nous n'avons jamais reçu la formation adéquate depuis janvier 2015. Alors comment apprendre ? Encore une fois, le bon vieux système D fait office de formation. Nous nous entraînons donc parfois le dimanche, dans les locaux du commissariat. Profitant du calme dominical, on progresse l'arme à la main, dans les couloirs…

Ne noircissons pas le tableau. Au cours de ma carrière, j'ai malgré tout eu l'occasion de suivre plusieurs formations : intervention en quartier difficile, violences urbaines, maintien de l'ordre, habilitation pour l'utilisation du flash-ball. Une compétence très utile pour les agents de la BAC ! Mais nous ne sommes jamais incités, ou invités, à suivre ces formations. Chaque fonctionnaire doit en faire la demande, à son initiative.

2

Un baromètre social préoccupant

Suis-je un cas isolé au sein de la police nationale, un canard (ou un poulet) boiteux ? Suis-je aigri, mauvais coucheur, insatisfait chronique ? Il ne semble pas. Le baromètre social de la police indique que beaucoup de mes collègues partagent mon amertume.

En 2014, à l'initiative du ministre de l'Intérieur Manuel Valls qui voulait jauger le « moral des troupes », la Direction des ressources et des compétences de la police nationale a adressé par intranet un questionnaire aux 144 000 agents répartis sur l'ensemble du territoire français. Les soixante-six questions portaient sur les conditions de travail et le moral dans les commissariats. Sous couvert d'anonymat, 45 000 fonctionnaires ont répondu. Un échantillon représentatif de 3 500 agents a été établi. Cela a constitué les bases du premier « baromètre social de la police nationale », rendu public en mars 2015. Les résultats sont édifiants : 94 % des fonctionnaires disent ressentir un « malaise » dans leur travail et font état d'une dégradation du climat social au sein de la police. Près de

82 % estiment que ce climat social est plutôt mauvais (52,6 %) ou très mauvais (29,2 %).

Pourtant, les policiers sont plutôt convaincus d'avoir choisi une profession qui leur correspond : 67 % sont « satisfaits » de leur métier. Mieux, 74 % se déclarent persuadés de leur « utilité dans la société ». Ils estiment que les relations professionnelles de travail sont bonnes : 97 % se disent satisfaits de leur intégration dans l'équipe ; 89 % assurent avoir un niveau d'autonomie satisfaisant ; 80 % estiment que les responsabilités qui leur sont confiées sont suffisantes ; 79 % déclarent avoir de bonnes relations avec leurs collaborateurs directs ; 67 % approuvent les tâches qui leur sont confiées. Deux fonctionnaires sur trois estiment que leur « n +1 » (leur supérieur direct) reconnaît le travail qu'ils accomplissent ; 59 % estiment que l'information opérationnelle circule de manière satisfaisante. Le niveau de confiance vis-à-vis du supérieur hiérarchique est de 65 %.

L'équilibre entre vie privée et professionnelle est jugé satisfaisant ou plutôt satisfaisant par 54 % des policiers.

Alors d'où vient ce malaise ? 64 % des fonctionnaires estiment que les relations se sont dégradées avec la population ; 73 % considèrent que les conditions matérielles sont assez peu satisfaisantes (25,2 %) ou pas du tout satisfaisantes (47,7 %).

C'est d'abord l'organisation du travail qui pose problème. Seuls 41 % des fonctionnaires, tous services confondus, se disent satisfaits de cette organisation. Si les policiers affectés dans les services du renseignement sont les plus satisfaits avec un taux de 57 %, les agents relevant de la sécurité et de la paix publiques (c'est mon cas) ne sont que 35 % à se déclarer satisfaits de cette organisation.

Les causes du malaise sont également à chercher du côté des possibilités d'avancement et de promotion : 83 % sont peu ou pas satisfaits de l'évolution de leurs carrières. Une autre question me paraît essentielle : « Selon vous, existe-t-il un décalage entre les missions pour lesquelles vous avez été recrutés et celles que vous exercez ? » À 67,8 %, les policiers répondent positivement à cette question.

Enfin, la motivation des troupes s'étiole : 62,7 % des répondants estiment qu'elle a diminué ces dernières années. Ce taux est encore plus élevé (68,5 %) chez les CEA, le corps d'encadrement et d'application de la police nationale, constitué par les gardiens de la paix, brigadiers, brigadiers-chefs et majors.

Chez les CEA, dont je fais partie, les résultats concernant la qualité de vie, le stress, l'irritabilité et la fatigue sont les plus préoccupants. Sur une échelle de 1 à 10, en moyenne, les CEA évaluent leur qualité de vie à 4,9 ; leur stress à 6,4 ; leur irritabilité à 6,1 et leur fatigue à 7,1. Le « malaise des policiers », souvent évoqué dans les médias, n'est donc pas une invention des journalistes, mais une réalité.

3

SOS suicides

Chaque semaine, en France, un policier met fin à ses jours. Un chiffre qui atteste de bien terrible manière ce fameux malaise policier. Dans la profession, nous connaissons tous un collègue qui s'est donné la mort. Le phénomène n'épargne pas les gendarmes et les policiers municipaux. Certains se pendent, beaucoup utilisent leur arme de service. Pour tenter de minimiser ce fléau, les « raisons d'ordre privé » sont souvent invoquées par les autorités. Mais où se situe la frontière entre la vie privée et la vie professionnelle ? Oui, il arrive que des collègues se donnent la mort après un divorce, parce qu'ils ne voient plus leurs enfants et que leur entourage ne leur vient pas en aide à temps. Mais n'est-ce pas lié à l'exercice même de notre métier ? La structure familiale y est soumise à rude épreuve : depuis le stress vécu au quotidien jusqu'aux parcours du combattant des mutations, la vie quotidienne n'est pas un long fleuve tranquille. Il y a quelque temps, dans un commissariat proche de Gennevilliers, un collègue, originaire comme moi de La Réunion, est passé à l'acte. Sa femme était repartie vivre dans l'île en espérant que son mari y soit muté, en vain. Un ami de Bordeaux a été séparé de sa femme pendant huit ans. Comme lui, de nombreux policiers vivent seuls, en région parisienne. Avec la pression du métier, l'arme de service à portée de main, le pire peut arriver…

En 2015, quarante-cinq policiers ont mis fin à leurs jours. Ces dix dernières années, 709 suicides ont été dénombrés. Le taux de suicide chez les policiers est de 31,5 pour 100 000, soit deux fois plus que la moyenne nationale (15,8 pour 100 000 habitants). Le phénomène, toutefois, n'est pas nouveau : dans les années 1990, 70 policiers se suicidaient chaque année. Interpellé sur cette question par la sénatrice de l'Essonne Claire-Lise Campion, en 2013, le ministère de l'Intérieur reconnaissait la gravité de la situation en donnant des chiffres précis et inquiétants. Le suicide des policiers avec l'arme de service est le plus fréquent (55 % de l'ensemble des suicides). En 2011, 10 % des suicides se sont produits sur le lieu de travail. En 2012, 20 %. La tranche d'âge la plus concernée est celle des 40-44 ans. Les autorités reconnaissent à demi-mot que, « s'il est établi que les causes sont majoritairement d'ordre privé, la difficulté du métier de policier ne peut être niée dans les facteurs déclenchant le passage à l'acte ».

Le ministère de l'Intérieur détaille également les mesures mises en place : en 1996, un Service de soutien psychologique opérationnel (SSPO) a été créé. Il est composé de soixante psychologues cliniciens répartis sur l'ensemble du territoire. Ces professionnels sont chargés de répondre aux demandes d'assistance des policiers et d'intervenir à la suite d'événements traumatiques. Ils organisent des permanences et des séances d'information, assurent une écoute, un soutien et un accompagnement des policiers en difficulté. Des groupes de parole sont également créés pour tenter de faire de la prévention. Selon les autorités, depuis la mise en place de ce dispositif, le nombre de suicides de fonctionnaires de police a baissé.

En 2008, l'effort de prévention a été renforcé à la suite d'une réunion extraordinaire du CHSCT (comité d'hygiène, de sécurité et des conditions de travail). Des instructions ont été données aux chefs de service afin de les inciter à mieux détecter les situations de vulnérabilité au sein de leurs équipes.

En juin 2010, une étude épidémiologique sur les suicides dans la police a été menée par l'Inserm (Institut national de la santé et de la recherche médicale), préconisant une coordination renforcée des réseaux institutionnels de professionnels de soutien : médecins, services sociaux et psychologues.

Depuis le 1er janvier 2013, sous l'impulsion du ministère de l'Intérieur, la Direction générale de la police nationale a instauré des pôles de vigilance suicide départementaux. Un numéro vert a été mis en place. Dans les différentes écoles de formation des cadres de la police, depuis 2012, un enseignement spécifique est dispensé. Il est centré sur le stress, les risques psychosociaux et le suicide.

Enfin, le 28 janvier 2015, un plan ministériel de prévention du suicide de la police nationale a été mis en place. Malgré toutes ces mesures prises au fil des ans, le nombre de suicides reste trop élevé dans nos rangs. De la théorie à la pratique, les choses sont bien difficiles à mettre en œuvre. Il n'est pas évident de se rendre compte qu'un collègue va mal. Quand bien même ce serait le cas, les mesures préventives ont leurs limites. La procédure actuelle prévoit que lorsqu'un cas de détresse psychologique est détecté, le policier ne puisse plus, temporairement, repartir chez lui avec son arme de service. Mais cette arme, le policier la récupère de toute façon lors de sa prise de service, et le drame se produit alors dans les vestiaires du commissariat ou dans les voitures de service.

4

Impossibles mutations

La solitude, l'éloignement de la famille font partie de ce malaise qui conduit certains à vouloir en finir. Pour ma part, cela fait douze années que je suis policier. Douze ans que j'espère pouvoir rentrer chez moi, à La Réunion. Lorsque j'ai passé le concours d'entrée, on m'avait laissé entendre que je retrouverais mon île au bout de cinq ans. J'ai attendu, effectué de multiples demandes dans les règles. Pour pouvoir cumuler des points plus rapidement, j'ai choisi d'être affecté en région parisienne. Mais les faits sont là : ma mutation n'est jamais arrivée. Dans le même temps, nombre de mes collègues réunionnais – dont certains sont entrés dans la police après moi – ont pu retourner dans leur île natale. Lorsque j'étais à l'école, à Nîmes, un autre élève réunionnais ne faisait pas vraiment d'efforts pour briller. Il a dû terminer dans les derniers du classement. Peu importe, grâce au piston, il était assuré de pouvoir rentrer rapidement chez lui. Effectivement, après environ une année passée dans un commissariat de la région parisienne, il a été « miraculeusement » affecté à La Réunion. Il était pourtant encore policier stagiaire !

Les élus ont un tel pouvoir sur la police que de très nombreux fonctionnaires, c'est un secret de polichinelle, se font muter dans les régions de leur choix, grâce à des « interventions » politiques – dans la police, on ne parle pas de piston. La Réunion, où les places sont rares et donc chères, n'échappe pas à cette règle. Désespérant de me voir rentrer au pays, ma mère a pris rendez-vous avec un député réunionnais. Ce dernier lui a promis d'intervenir. C'était en 2011, juste avant l'élection présidentielle. Ce député a expliqué à ma mère qu'en cas de victoire de François Hollande, dont il était proche, la mutation serait encore plus rapide et simple. En échange, il lui a demandé d'organiser chez elle une réunion de quartier pour un petit meeting de soutien à sa candidature en vue des législatives. Ma mère a donc accueilli le député en question en présence de tout le voisinage. Le meeting a été un succès. Le député a été réélu. Elle n'a ensuite plus jamais eu de ses nouvelles.

Le rapport 2015 du médiateur de la police nationale fait état de ce problème, à mots à peine couverts : « Même si elles demeurent minoritaires au regard du nombre de décisions prises par l'administration, les interventions de toute nature qui accélèrent la carrière ou favorisent la mutation de fonctionnaires à l'ancienneté et aux mérites inférieurs à ceux de collègues mieux placés sont encore trop fréquentes et ancrées dans des pratiques de gestion. Les interventions pénalisent les fonctionnaires méritants qui se voient injustement écartés d'un avancement ou d'une mutation, ce qui altère leur motivation tandis que la hiérarchie locale, qui les a légitimement proposés sur le seul critère du mérite ou de la compétence, est désavouée. Ces irrégularités minent la confiance des policiers et affectent la cohésion des services. » On ne saurait mieux dire…

La plupart des jeunes policiers sortis d'école sont affectés à Paris ou en Île-de-France. Statutairement, ils sont contraints de rester cinq ou huit ans en poste dans cette première affectation. En réalité, ils n'ont qu'un seul but : quitter au plus vite ce premier poste, en général exposé, pour rejoindre une région plus tranquille et se rapprocher de leurs attaches familiales. L'un des effets pervers de ce système hypercentralisé est que la plupart des policiers expérimentés désertent l'Île-de-France, qui mériterait pourtant d'avoir des policiers chevronnés sur le terrain. La DSPAP est donc contrainte de renouveler en moyenne 50 % de ses effectifs tous les cinq ans. Comme l'observe le médiateur de la police, Paris devient un centre de formation opérationnelle bis. Les capacités opérationnelles des services de police souffrent de l'inexpérience et la jeunesse des agents, tout juste sortis d'école. Dans des secteurs pourtant difficiles de la banlieue parisienne, certaines brigades sont même exclusivement constituées de policiers stagiaires.

Les mutations sont réellement un sujet de préoccupation et même de conflits inextricables. En 2015, elles faisaient l'objet de 30,5 % des saisines du médiateur. Car les « célibats géographiques » qui s'éternisent mettent les policiers concernés dans des situations impossibles. Souvent, pour des raisons économiques ou pour bénéficier d'un meilleur cadre de vie, les familles déménagent – avec dans la tête l'espoir d'une mutation rapide. Le policier reste donc à proximité de son commissariat, tandis que son conjoint et ses enfants vivent à des centaines de kilomètres. Lorsqu'il le peut, en fonction de son tableau de service, il passe trois ou quatre jours par mois avec les siens. Le reste du temps, il est seul, loin de la famille. Les mois passent. Les liens se distendent. Les tensions montent au sein des couples. Et la mutation tant désirée n'arrive pas. Ces situations aboutissent souvent à des séparations, des divorces. Les frais incompressibles de transport et de double logement fragilisent les finances des ménages. Le coût de cette double vie peut conduire à des situations extrêmes, comme celle de ce collègue, gardien de la paix, contraint de passer ses nuits dans sa voiture, faute de pouvoir se payer un logement décent à Paris. Les allers-retours incessants entre le lieu d'affectation en région parisienne et le lieu de résidence de la famille, en région, finissent par fragiliser le moral et la santé de ces « policiers-TGV » comme les surnomme le médiateur de la police nationale.

Le médiateur de la police le reconnaît : « Le ministère de l'Intérieur ne peut pas se désintéresser des situations d'insatisfaction familiale dont les conséquences sont graves tant pour les agents (fragilisation des familles, conséquences sur l'équilibre et la scolarité des enfants, difficultés financières, problèmes de santé et psychologiques) que pour l'administration (qualité du service rendu, manque de disponibilité, congés de maladie). » Mais la hiérarchie policière reste peu à l'écoute, y compris face aux interpellations du médiateur : en 2015, les avis de cette personnalité indépendante n'ont été suivis qu'à 27 % par l'administration.

Le poids des syndicats et des politiques

En France, le taux moyen de syndicalisation est de 11 %. Dans la police, il atteint 49 %, selon une étude officielle de la DARES (Direction de l'animation, de la recherche, des études et des statistiques) réalisée en 2016. La Cour des comptes évoque même un chiffre plus élevé : 70 %. La participation aux élections professionnelles est extrêmement élevée dans la police, dépassant régulièrement les 90 %. Le policier n'est pas syndicaliste par nature, mais par réalisme. Dès mon entrée dans le métier, on m'a expliqué, comme à tous les autres, que prendre une carte syndicale était très utile, pour plusieurs raisons. C'est le meilleur moyen de défendre ses droits vis-à-vis de l'administration ou de l'IGPN en cas de problème. Mais c'est aussi un passage obligé pour bénéficier d'une promotion ou obtenir sa mutation. Je l'ai fait. J'ai même été, à partir de 2014, délégué syndical dans mon commissariat. Il y a quelques mois, j'ai finalement choisi d'abandonner mon mandat et de rendre ma carte. J'ai fait le constat que les syndicats n'étaient pas suffisamment à l'écoute des difficultés quotidiennes des policiers de la base.

Je m'explique. Le département est composé de quatre districts comportant chacun en moyenne cinq commissariats. À la tête de chaque district, il y a un délégué pour le syndicat, qui bénéficie d'une décharge totale d'activité. Autrement dit, il n'est plus du tout policier de terrain. Dans chaque service, il y a des délégués locaux : eux sont en activité et font remonter les soucis au bureau départemental en passant par les délégués de district. Le bureau départemental, lui, « rend compte au bureau régional ». En haut de la pyramide, se trouve le bureau national composé des secrétaires généraux. Eux sont chargés des relations avec le gouvernement et de la négociation de protocoles. Lorsque je suis arrivé à Gennevilliers, nous avions un délégué de district qui était surnommé Fantômas, ce qui en dit long sur ses relations avec la base ! Jamais présent dans le service, et jamais aucun compte-rendu de ce qui se passait dans les hautes sphères. Ce n'est pas un cas isolé : certains délégués de districts sont réputés pour venir uniquement prendre le café ou pour faire acte de présence. C'est purement honteux, d'autant que j'ai vu à plusieurs reprises des délégués de districts n'ayant jamais mis un pied sur le terrain obtenir de l'avancement, passant ainsi devant tous les collègues qui triment chaque jour.

Au départ, c'est un ancien collègue de Gennevilliers, avec qui j'ai eu l'occasion de travailler à plusieurs reprises, qui m'a donné envie de prendre une part active dans le syndicalisme. Il était délégué chez nous, motivé (oui, il y en a !), passait régulièrement à Gennevilliers alors qu'il n'y était plus officiellement affecté et tentait vraiment d'aider les collègues. Il m'a demandé si cela m'intéresserait de devenir délégué local. J'ai accepté la mission. Comme je ne suis pas de nature à faire les choses à moitié, j'ai fait remonter tous les soucis que nous rencontrions : du jour « enfant malade » refusé sans motif, aux problèmes d'effectifs ou de matériel, en passant par les dossiers disciplinaires… Malheureusement, je n'ai que trop rarement vu des retombées positives de mon action. En parallèle, j'ai constaté que de jeunes délégués syndicaux bénéficiaient de passe-droit : renforts saisonniers, mutations facilitées, prise de grade sans avoir l'ancienneté requise…

Mon sentiment personnel est que les syndicalistes détachés à plein temps sont déconnectés du terrain. À force de côtoyer les hautes sphères, ils font trop de compromis, offrent trop de contreparties en échange de la résolution de cas individuels qui n'ont rien à voir avec l'intérêt général des policiers.

Les syndicats ont pourtant un poids considérable dans les différentes instances. On peut même parler de cogestion avec l'administration, avec tous les effets pervers que cela peut entraîner. Se considérant comme des partenaires privilégiés de l'administration, les syndicats « épargnent » à la hiérarchie les réelles difficultés que rencontrent les hommes de terrain. En octobre 2016, j'étais convoqué chez le préfet suite au mouvement de grogne des policiers. Ni le préfet ni le directeur de la police n'étaient au courant des problèmes que nous rencontrions pourtant depuis belle lurette. Nous avions cependant largement fait remonter ces difficultés aux syndicats. Exemple concret : pour les dossiers de mutation, nous n'avons plus accès aux classements à l'issue des décisions, alors que c'était le cas auparavant.

En théorie, les syndicats sont indépendants du pouvoir politique : leur rôle serait plutôt de constituer un garde-fou, un contre-pouvoir. Pendant la campagne de la présidentielle 2017, entre les deux tours, le représentant d'un syndicat professionnel a appelé à soutenir Emmanuel Macron. Cela a suscité chez les policiers, encartés ou non, une véritable levée de boucliers. Sur la page Facebook du syndicat, les commentaires dénonçant ce soutien ont été nombreux, y compris venant des adhérents du syndicat en question, mais ils étaient supprimés au fur et à mesure de leur publication. Il n'est pas question ici d'appartenance partisane ou de sensibilité politique. L'indignation aurait été la même s'il s'était agi de n'importe quel autre candidat. Les policiers veulent des syndicats qui se tiennent à l'écart de la politique, qui gardent leurs distances pour ne pas céder aux sirènes des promesses électorales et des petites négociations d'arrière-boutiques.

La hiérarchie fait preuve d'une complaisance indéniable avec ses interlocuteurs syndicaux. Un rapport de la Cour des comptes en date du 3 février 2015 n'en fait pas mystère : « Les organisations syndicales sont représentées dans la police à chaque échelon administratif. Les échanges sont permanents, voire quotidiens entre l'administration et les organisations syndicales.

[...] La Cour évalue à plus de 54 millions d'euros en 2012 le coût total des moyens alloués aux organisations syndicales de la police. Il s'agit principalement (à hauteur de 47,4 millions d'euros) de dépenses de personnel, car les représentants syndicaux bénéficiant de facilités de service restent rémunérés. Ces seules dépenses représentent 200 000 jours, soit l'équivalent de 1 000 emplois à plein temps. [...] Les représentants syndicaux des policiers disposent, afin de remplir les obligations résultant de leur mandat syndical, de facilités de service sous la forme de décharges d'activité de service et d'autorisations spéciales d'absences. Des contrôles doivent normalement être exercés [...] Toutefois, il s'avère que le suivi des facilités de service est insuffisant. Leurs évolutions d'une année sur l'autre sont importantes et irrégulières. »

Autre élément incontournable pour comprendre le fonctionnement de la police : le rôle des politiques. Je me souviens qu'une fois au commissariat de Gennevilliers, nous avons reçu la visite de Brice Hortefeux, en ce temps-là ministre de l'Intérieur. Un collègue avait été blessé lors d'une intervention. Le haut gradé qui accueillait le ministre était mielleux à un point... « Monsieur le ministre, c'est formidable ce que vous faites. Votre vision est très juste. Vous êtes un visionnaire, etc. » Je n'avais jamais vu ça. Quelques mois plus tard, ce gradé est devenu préfet de police.

Les ministres ne sont pas des professionnels de la sécurité. Il est normal qu'ils ne sachent pas tout. En théorie, les directeurs de la police devraient les informer, les aiguiller, leur expliquer la réalité du terrain. Mais dans la vraie vie, malheureusement, ils ont le petit doigt sur la couture de l'uniforme. Logique : ils visent des postes stratégiques pour leur carrière… qui leur sont attribués par ces mêmes politiques, et n'hésitent pas à applaudir des deux mains devant les réformes, même si elles sont mauvaises ou insuffisantes.

En fonction des périodes et des alternances politiques, les discours des élus résonnent plus ou moins favorablement aux oreilles des policiers. Certains peuvent même soulever un certain espoir, sur le moment. Le 25 octobre 2005, Nicolas Sarkozy, alors ministre de l'Intérieur, qui pensait déjà à l'élection présidentielle de 2007, se rend sur la dalle d'Argenteuil, l'épicentre de cette commune réputée sensible du Val-d'Oise. Interpellé par une habitante se plaignant de l'insécurité, il répond, le regard noir et l'air martial : « Vous en avez assez de cette bande de racailles ? Eh bien on va vous en débarrasser ! » Quelques mois auparavant, il avait déjà prononcé une phrase restée dans toutes les mémoires alors qu'il était en déplacement à la « cité des 4 000 » à La Courneuve, en Seine-Saint-Denis : « Dès demain, on va nettoyer la cité au Kärcher. »

À l'époque, ce discours musclé remporte un écho favorable dans les rangs de la police. Nicolas Sarkozy promet une politique sécuritaire, des augmentations d'effectifs, l'impunité zéro. Mais depuis 2007, c'est l'inverse qui s'est produit : les effectifs, notamment, n'ont cessé de baisser. Dans certains commissariats, les patrouilles sont parfois réduites à deux fonctionnaires (contre trois normalement), dont un adjoint de sécurité, ce qui est contraire au règlement et expose les policiers à des risques supplémentaires.

5

Les attentats

Il s'appelait Franck Brinsolaro. Il avait 48 ans et venait de se marier. Il était père d'une petite fille âgée d'un an. Franck était entré dans la police en 1986. Depuis 2003, il s'était spécialisé dans la protection rapprochée. En 2014, il avait rejoint l'équipe de policiers qui protégeaient Charb, le directeur de publication de *Charlie Hebdo*.

Ce 7 janvier 2015, Franck Brinsolaro est au siège de l'hebdomadaire satirique, 10 rue Nicolas-Appert dans le XIe arrondissement de Paris, lorsque les frères Kouachi font irruption dans les locaux, armés d'une kalachnikov et d'un lance-roquettes. D'après les témoignages, c'est lui que les terroristes visent en premier. Franck fait partie des douze victimes du 7 janvier 2015.

Il s'appelait Ahmed Merabet. Il avait 40 ans. Affecté au commissariat du XIe arrondissement. Ahmed, d'origine tunisienne et de religion musulmane, était né en Seine-Saint-Denis. Sorti de l'école de police en 2007, il venait d'obtenir la qualification d'officier de police judiciaire. Un policier discret, apprécié de ses collègues.

Ce 7 janvier 2015, Ahmed Merabet est en patrouille avec une collègue et un adjoint de sécurité, à proximité du siège de *Charlie Hebdo*, quelques minutes après l'attentat commis par les frères Kouachi. Ahmed est le premier à descendre de la voiture de patrouille prise pour cible par les terroristes. Un tir l'atteint à l'aine. Ahmed tombe au sol. L'un des terroristes l'achève froidement d'une balle dans la tête, comme le montrent des images amateurs qui circulent sur les réseaux sociaux quelques instants plus tard. Ahmed fait partie, lui aussi, des douze victimes du 7 janvier 2015.

Elle s'appelait Clarissa Jean-Philippe. Elle avait 25 ans. Policière municipale stagiaire à Montrouge, au sud de Paris, Clarissa était originaire de Sainte-Marie, en Martinique. Elle avait quitté l'île – où elle vivait avec sa mère, Marie-Louisa, et son frère, dans un foyer modeste – quelques mois auparavant, après avoir réussi le concours d'entrée dans la police municipale. Elle avait été formée à l'école de Pantin, en Seine-Saint-Denis.

À quelques jours de sa titularisation, le 8 janvier 2015, à 7 h 20, au lendemain du massacre de *Charlie Hebdo*, Clarissa Jean-Philippe est appelée pour un banal accident de la circulation sur une grande avenue de Montrouge. Elle s'y rend avec son « binôme » pour régler la circulation. À 8 h 04, Clarissa Jean-Philippe est prise pour cible par un homme vêtu d'un manteau noir, armé d'une kalachnikov. Amedy

Coulibaly tire dans le dos de la jeune femme. Elle s'effondre, mortellement atteinte.

Il s'appelait Thierry Hardouin. Il avait 41 ans. Sous-brigadier au dépôt du tribunal de grande instance de Bobigny, Thierry était père de deux enfants.

Ce jour-là, le 13 novembre 2015, il n'est pas en service. Pour l'anniversaire de sa compagne, il l'a invitée à la Belle Équipe, un restaurant de la rue de Charonne, dans le XIe arrondissement. Comme dix-huit autres personnes présentes dans le restaurant, Thierry tombe sous les balles des terroristes. Il fait partie des cent trente morts de la sanglante soirée du 13 novembre 2015.

Ils s'appelaient Jean-Baptiste Salvaing et Jessica Schneider. Ils avaient 42 et 36 ans. Jean-Baptiste était le père d'un garçon de 10 ans né d'une première union et ils avaient ensemble un petit garçon de 3 ans. Lui était commandant de police, affecté dans les Yvelines depuis 2001. Un professionnel courageux, aux épaules solides. Dans le 78, il était passé par tous les postes. Maintien de l'ordre, enquête sur le proxénétisme, les stupéfiants, brigade anti-criminalité. Il avait été décoré à deux reprises pour actes de courage et de dévouement : en 2005 pendant les émeutes urbaines, et en 2008 pour avoir secouru, hors service, une femme victime d'une agression. Il était affecté à la sûreté urbaine du commissariat des Mureaux, il était le numéro deux de ce commissariat. Il avait rencontré sa compagne, Jessica, au commissariat de Mantes-la-Jolie où elle était arrivée en 2009 après être entrée dans la police en 2005, à l'âge de 24 ans, en tant qu'adjointe administrative à la Direction centrale de la sécurité publique. Souriante, aimant la vie, elle était secrétaire administrative.

Le 13 juin 2016 vers 21 heures, un terroriste fait irruption dans le pavillon où résident le couple et leur petit garçon, à Magnanville. Jean-Baptiste Salvaing est lardé de coups de couteau. Il parvient à s'échapper de la maison pour alerter le voisinage. Il succombe à ses blessures quelques minutes plus tard, dans la rue. Le terroriste se retranche dans la maison où il séquestre Jessica et son petit garçon de 3 ans. La BAC et le RAID arrivent rapidement sur les lieux. Entre-temps, le tueur publie une vidéo de 12 minutes sur Facebook dans laquelle il revendique l'attentat, au nom de Daech. À minuit, le RAID donne l'assaut et neutralise le terroriste. Dans le pavillon, les policiers découvrent le corps de Jessica Schneider, tuée à l'arme blanche elle aussi. Le petit garçon est sain et sauf, en état de sidération. Il est hospitalisé. Jean-Baptiste et Jessica ont été pris pour cible car ils étaient policiers. Le drame de Magnanville est un traumatisme qui résonnera longtemps pour les 144 000 policiers de France.

Il s'appelait Xavier Jugelé. Il avait 37 ans. Pacsé, sans enfant, Xavier était très impliqué au sein de Flag !, l'association des lesbiennes, gays, bi et trans de la police et de la gendarmerie. Originaire de Blois, il était sorti de l'école de police en 2011, après cinq ans comme gendarme adjoint volontaire. Il était affecté à la 32e compagnie d'intervention de la Direction de l'ordre public et de la circulation de la préfecture de police de Paris (DOPC). Dans ce cadre, le 13 novembre 2015, il était intervenu sur l'attaque terroriste du Bataclan. C'est pourquoi Xavier avait tenu, un an plus tard, à assister au concert de Sting qui marquait la réouverture de la salle de spectacle. Il avait expliqué à cette occasion à un magazine américain : « Je suis heureux d'être là. Nous sommes ici ce soir comme des témoins, pour défendre nos valeurs. Ce concert c'est pour célébrer la vie, pour dire non aux terroristes. » Xavier venait de recevoir son affectation dans un service de police international basé à Nanterre. Il allait donc quitter la voie publique.

Le 20 avril 2017, aux alentours de 20 h 50, Xavier se trouve en surveillance statique sur les Champs-Élysées, dans le cadre du plan Vigipirate. Une voiture, une Audi grise, s'arrête brusquement à proximité du véhicule de service dans lequel Xavier et ses collègues se restaurent. Avec une arme automatique, il ouvre le feu sur les policiers, délibérément pris pour cibles. Xavier Jugelé est tué. Deux autres collègues sont grièvement blessés, ainsi qu'une touriste, atteinte plus légèrement. Le terroriste est neutralisé par les policiers.

Franck, Ahmed, Clarissa, Thierry, Jean-Baptiste, Jessica et Xavier sont tombés car ils étaient policiers. Comme tous les fonctionnaires de police, j'ai aujourd'hui conscience que nous figurons parmi les cibles privilégiées des terroristes. Nous savons tous que cela peut arriver à nouveau, arriver à chacun d'entre nous. Avant le drame de Magnanville, la hiérarchie nous avait avertis que nous étions devenus des cibles potentielles.

Depuis les attentats de 2015, nous sommes autorisés à rentrer armés à nos domiciles, y compris pendant nos congés. Personnellement, j'ai fait ce choix. Je suis policier 24 heures sur 24 et 7 jours sur 7, pas seulement pendant mes huit heures de patrouille ou de service au commissariat. Lorsque je rentre chez moi, j'ai pris l'habitude de surveiller le rétroviseur, pour vérifier que je ne suis pas suivi. Cela s'est déjà produit. D'autres collègues ont vécu la même expérience. En rentrant, j'ai parfois été obligé de faire des détours parce que je me sentais suivi. Sortir au dernier moment de l'autoroute, par exemple. Être policier rend-il paranoïaque ? Non. Je prends simplement des précautions par sécurité, parce qu'à la maison, ma femme et notre fille peuvent aussi devenir la cible des tueurs. L'affaire de Magnanville le prouve. C'est également pourquoi j'ai fait le choix d'habiter loin de Gennevilliers, à plusieurs dizaines de minutes de voiture, dans un autre département.

Depuis les attentats, depuis la mort de Franck, Ahmed, Clarissa, Thierry, Jean-Baptiste, Jessica et Xavier, mon entourage est inquiet. Une inquiétude que chaque attentat ravive encore. Lorsque ma mère, à La Réunion, apprend qu'une attaque a eu lieu, qu'un policier a été tué ou blessé, elle me téléphone immédiatement. Elle a conscience que je peux moi aussi être visé. Elle sait aussi que je peux être appelé à intervenir sur les théâtres d'attentats. Sur les réseaux sociaux, dans les groupes Facebook de policiers, à chaque attentat, tout le monde est à la recherche d'informations, nourrissant la même hantise : un collègue que je connais est-il frappé ? Le soir de la mort de Xavier Jugelé, sur les Champs-Élysées, j'ai été contacté *via* Facebook par un collègue. Il m'a demandé si je connaissais l'identité du policier abattu. Je la connaissais.

« As-tu son prénom ? »

— Xavier

— Xavier J. ?

— Oui... »

C'était bien lui... Il avait fait un stage avec Xavier Jugelé et après l'annonce de l'attaque des Champs-Élysées, il avait tenté de le joindre à plusieurs reprises sur son téléphone mobile. Sans succès. En congés dans sa ville natale, en province, profondément désemparé, ce collègue s'est rendu au commissariat de la ville pour parler avec les autres policiers présents ce soir-là. Dans ces occasions tragiques, la police devient une grande famille. À chaque fois qu'un policier est tué, ce sont les 144 000 fonctionnaires de police qui sont touchés.

Lorsqu'on s'engage dans ce métier, on est bien loin de s'imaginer que l'on va vivre sous une menace permanente. Les adjoints de sécurité, pour 1 300 euros par mois, risquent la même chose que nous. Nous avons en tête que cela peut arriver n'importe où. Paris, Gennevilliers, Asnières. Lorsqu'on est témoin d'un comportement suspect, oui, nous y pensons.

Lors de la vague d'attentats de janvier 2015, nous étions en alerte car l'un des frères Kouachi avait vécu à Gennevilliers. Après l'élimination des terroristes, le problème de leur inhumation s'est d'ailleurs posé. L'un d'eux a été enterré discrètement dans un cimetière du secteur. J'ai participé à cette opération. Cela s'est passé environ une semaine après les attentats. La nuit tombée, nous avons sécurisé les environs. Lorsque nous sommes entrés dans l'enceinte du cimetière, la fosse était prête. Par un froid glacial, nous y avons descendu le cercueil et remblayé tous ensemble pour en finir au plus vite, sans dire un mot, encore sous le choc. Participer à l'inhumation d'un terroriste qui a froidement abattu d'autres policiers, cela fait une étrange impression. Nous avions le sentiment, nous les policiers, avec les employés des pompes funèbres, de faire le sale boulot.

Après ces attentats de janvier 2015, certains individus ont fait l'apologie du terrorisme. Ils passaient devant le commissariat en criant « Vive Kouachi ». Nous avons dû procéder à quelques interpellations.

Le 13 novembre 2015, soir des attentats au Stade de France, aux terrasses de café de l'est de Paris et au Bataclan – qui ont fait 130 morts –, j'étais de service. J'ai été rapidement alerté, *via* les réseaux sociaux. Nous avons basculé sur des ondes radio réservées à ce type d'événement. En écoutant les collègues présents sur les lieux, nous avons très vite compris que la situation était particulièrement grave. Ils décrivaient des scènes de chaos et de panique. Des corps partout, énormément de blessés. Nous, à Gennevilliers, étions prêts à intervenir. Nous nous sommes équipés en conséquence mais finalement, nous n'avons pas été appelés. Pour être franc, nous avons été frustrés de suivre ce drame sur les ondes, alors que nous n'étions qu'à quelques kilomètres des scènes d'attentat.

Après les attentats de Charlie, certains de mes collègues ont préféré décrocher. La peur est un sujet tabou dans nos rangs, pourtant il nous arrive à tous de la ressentir par moments. Peur de partir au travail et de ne pas rentrer le soir pour embrasser sa famille ou retrouver ses amis. Cette peur peut survenir à l'occasion de différentes interventions, dont, évidemment, les attentats. J'ai le sentiment que la peur est nécessaire, que l'on soit policier de brigade de roulement ou affecté en groupe d'intervention. Ce sentiment nous incite à redoubler de vigilance lors des interventions ».

Moi-même, durant cette période terrible, me suis-je senti prêt ? Comment réagirais-je sur une intervention comme *Charlie Hebdo* ou le Bataclan ? L'adrénaline, la peur, l'appréhension existent bel et bien. Mais j'ai acquis la certitude, au fond de moi, que s'il faut y aller, j'y suis prêt.

Le médiateur de la police nationale, dans son rapport 2015, reconnaît fort justement l'impact des attentats sur les professionnels : « Les policiers paient cher le prix de leur implication croissante en termes de stress, de fatigue, d'heures supplémentaires, de report ou d'annulation de repos, de blessés et, malheureusement, de morts en service. La confrontation directe avec des formes de violence inédites dans notre pays a, et aura, des conséquences importantes sur la santé et le moral des personnels concernés. Un nombre de policiers, en augmentation très significative, a demandé à rencontrer les psychologues cliniciens du service de soutien de psychologie opérationnel (SSPO), notamment dans les deux mois qui ont suivi les événements dramatiques du début de l'année. »

N'est-il pas alarmant de voir plusieurs compagnies de CRS en arrêt maladie simultané pour protester contre les conditions dans lesquelles ils exercent leur profession entre plan Vigipirate, opération Sentinelle et un état d'urgence qui ne cesse d'être prolongé ? Ces mesures sont certes nécessaires, mais les moyens matériels et humains ne suivent pas.

Après la vague terroriste de janvier 2015 (*Charlie Hebdo*, l'Hyper Cacher), la BAC, qui doit intervenir en premier sur ce type d'événement, comme les PSIG (pelotons de surveillance et d'intervention de la gendarmerie), a été dotée d'un plan spécifique présenté par Bernard Cazeneuve, ministre de l'Intérieur à cette date.

En février 2016, il visite le commissariat du XXe arrondissement pour détailler ce plan, annonçant en particulier que les BAC de la préfecture de Paris seront désormais dotées de matériels adaptés aux attaques terroristes : 204 fusils d'assaut HK G36 jusque-là réservés aux forces d'intervention d'élite, 1 474 casques et visières balistiques, 1 835 gilets pare-balles. Coût global : 17 millions d'euros. Le ministre de l'Intérieur explique : « Il était nécessaire que vous soyez en mesure de répliquer aux tirs d'armes de type kalachnikov que certains criminels n'hésitent plus à utiliser contre vous. Le seul fait d'incarner l'autorité publique, par l'uniforme que vous portez, suffit à faire de vous des cibles. Vous devez disposer de moyens de riposte et de protection adaptés. »

Aussi bien les policiers de terrain que les syndicats professionnels ont salué l'arrivée de ces nouveaux matériels. Mais nous étions nombreux alors à souligner que pour qu'ils soient réellement utiles, il faut qu'en parallèle un énorme effort de formation soit fait. Il ne suffit pas de fournir des armes sophistiquées et adaptées aux besoins, encore faut-il former les policiers pour qu'ils sachent les utiliser !

Malheureusement, cela n'a pas été le cas. À la BAC de Gennevilliers, nous avons bien reçu ces équipements, mais un an et demi après, nous n'avons pas été formés à leur utilisation. Comme toujours, nous avons donc recours au système D. On se débrouille entre collègues pour apprendre à utiliser les armes longues, enfiler les gilets pare-balles, les casques et visières balistiques. D'une manière générale, depuis *Charlie Hebdo*, nous n'avons bénéficié d'aucune formation pour faire face aux attentats ou aux tueries de masse.

En outre, si nous disposons donc désormais d'armes longues, de gilets pare-balles lourds et de casques lourds, nous avons un autre problème. Comment faire rentrer tout ce matériel dans nos véhicules de service ? Dans ma brigade, nous sommes dotés d'une Peugeot 308 classique. Sans équipement ni aménagement particulier. Or voici la liste du matériel que nous sommes censés faire tenir dans le coffre de ce véhicule : le fusil d'assaut HK G36 doit d'abord être placé tout au fond, dans un coffre-fort sécurisé. Il faut y ajouter trois gilets pare-balles lourds, trois casques lourds et les boucliers balistiques lourds. En plus de ce matériel « spécial attentats », nous devons également ajouter nos équipements classiques, indispensables au quotidien : casques de maintien de l'ordre, boucliers antiémeutes, jambières, gaz lacrymogènes MP7, grenades de désencerclement, tonfa (le bâton avec une poignée), bâton télescopique, flash-ball, etc. À moins d'être un as du Tetris, de rouler coffre ouvert ou d'attacher une remorque à la voiture, il est tout simplement impossible de faire rentrer tout cela dans une modeste 308. Lors d'un exercice en juin 2017, nous n'avons pas pu fermer le coffre. Et avec tout ce matériel, le poids total autorisé en charge (PTAC) du véhicule est évidemment dépassé !

La seule solution est de choisir de prendre l'un ou l'autre des équipements : le matériel ordinaire, ou celui prévu en cas d'attentat. Mais il est difficile de prévoir un attentat… Nous avons bien évidemment alerté notre hiérarchie qui, face à nos questions, n'a pas de réponse officielle. Les BAC ne sont pas les seules dans ce cas : les compagnies républicaines de sécurité ont le même problème logistique. Un collègue CRS m'a expliqué qu'ils ont tellement de matériel à transporter que pour simplement mettre la main sur leur équipement classique de maintien de l'ordre, ils sont contraints de tout sortir du véhicule. Pas simple en cas d'urgence…

6

Vie de famille

« Article R. 434-30 du code de déontologie de la police nationale – Disponibilité

Le policier est disponible à tout moment pour les nécessités du service. »

Pour la vie de famille, le métier de policier est rude. Nous devons être disponibles 24 heures sur 24, 7 jours sur 7. Lors des dernières vagues d'attentats, nous avons tous été mobilisés. Le quotidien du policier est par nature constitué d'horaires décalés, souvent de nuit. Travailler le week-end est également habituel. Le manque d'effectifs entraîne des problèmes d'organisation : dans mon groupe, nous sommes quatre en tout et pour tout. Chaque jour, nous devons être au minimum trois en service. Il est donc impossible que deux d'entre nous partent en congés en même temps. L'été, chacun prend donc au maximum une semaine de vacances, et le reste de nos deux mois de congés se répartit sur toute l'année. Autre conséquence, lorsque l'un de nous tombe malade, les trois autres doivent être présents, même si l'un a planifié des congés. Face à toutes ces contraintes, ma compagne en a parfois assez !

Il faut reconnaître qu'être compagne (ou compagnon) d'un fonctionnaire de police n'est pas toujours une sinécure. Construire sa vie avec un flic, c'est nécessairement accepter d'épouser également son métier. Cela pèse parfois bien plus lourd que prévu dans la corbeille des mariés… Pour ne pas parler à la place de mon épouse, j'ai choisi de vous livrer ici son témoignage.

« Nous nous sommes rencontrés en 2006, il y a onze ans. Guillaume m'a rapidement annoncé qu'il était policier : j'ai d'abord ressenti une appréhension. Le côté répressif du métier m'a fait peur. Mais étant moi-même militaire à l'époque, je me sentais mal placée pour juger. Il venait de commencer sa carrière à Gennevilliers et il était passionné par son travail. Il me racontait avec beaucoup de détails tout ce qu'il faisait. Je n'imaginais pas que ce métier aurait un tel impact sur la vie quotidienne. Au début, même lorsqu'on se promenait en amoureux, j'étais étonnée qu'il conserve en permanence un œil de policier. Je me souviens que je m'étais fait voler ma voiture. Un jour, nous allions faire des courses dans une grande surface et en passant dans la rue, je lui dis sans vraiment y réfléchir : “Tiens, regarde, là, on dirait ma voiture.” Il s'est garé, a commencé à inspecter la Renault Clio blanche, noter les numéros de série. Il a appelé la BAC du secteur pour la passer au fichier. Il s'est avéré qu'il s'agissait bien de ma voiture, dont les plaques d'immatriculation avaient été changées. Alors que nous avions prévu une journée tranquille, nous nous sommes retrouvés en mission de surveillance ! J'étais étonnée d'assister à tout ça. La femme qui avait racheté la voiture sans savoir qu'elle était volée a finalement été interpellée.

» Une autre fois, alors que nous faisions des courses dans une galerie commerciale d'Argenteuil et que j'étais en train de lui parler de tout et de rien, je m'aperçois qu'il m'a faussé compagnie. Il avait fait demi-tour, était rentré dans une boutique pour faire mine de regarder des vêtements. En fait, il s'était subitement écarté car il avait repéré un individu qu'il avait interpellé quelques jours auparavant. Il voulait éviter de me mettre en danger, au cas où l'homme aurait voulu se venger de son arrestation.

» C'est un métier envahissant. On vit police, on mange police, on dort police. Je respecte beaucoup le métier de Guillaume. Fille de militaire, j'ai été en contrat durant cinq ans avec l'armée. Je me suis engagée à 18 ans. J'étais contrôleuse aérienne. Après une affectation à Lyon qui compliquait notre quotidien, Guillaume ne pouvant être muté, j'ai quitté l'armée pour suivre une formation et me reconvertir. Je suis aujourd'hui aide-soignante. Lorsqu'ils ne se marient pas entre eux, un phénomène plutôt fréquent, de nombreux policiers sont en couple avec des infirmières ou des aides-soignantes. Ces professions ont en commun les contraintes d'emploi du temps : les horaires décalés et le travail le week-end, qui bouleversent la vie de famille, pourtant un point de stabilité et d'ancrage pour les policiers. On loupe pas mal de choses, les réunions de famille souvent programmées le week-end, par exemple. Être soumis au même type de contraintes, cela évite bien souvent les tensions. Mais être femme de policier, c'est aussi apprendre à vivre seule, faire des concessions. C'est une épreuve pour le couple. Mes parents, anciens militaires, apprécient beaucoup Guillaume mais ils s'inquiètent des dangers qu'il encourt, particulièrement depuis les attentats de 2015.

» Entre le Guillaume que j'ai rencontré à 21 ans, qui arrivait de La Réunion, et celui d'aujourd'hui, il y a une grande évolution. Il était au départ très positif, optimiste. Au fil des ans, il s'est endurci. La population de Gennevilliers vit dans la difficulté. À force de côtoyer la misère au quotidien, d'assister à des violences, de voir des blessés, des cadavres, sa vision du monde a changé. J'ai souvent l'impression que le monde entier est suspect à ses yeux. Aujourd'hui plus encore qu'avant, lorsqu'on se balade tranquillement, je m'aperçois qu'il est en permanence aux aguets. Parfois je dois lui rappeler que lorsqu'il est en famille, il n'est pas obligé d'être tout le temps sur ses gardes. Il n'y a que lorsqu'il retourne à La Réunion, qu'il retrouve le cocon maternel, qu'il parvient à se détendre. Moi qui ne baigne pas dans ce milieu, j'ai une vision moins sombre de la société.

» Les autres femmes de policiers que je connais font le même constat. Elles ont également remarqué ce changement d'approche, de caractère chez leurs maris. Ce métier a un profond retentissement sur la vie personnelle. Les divorces ne sont pas rares dans cette profession : les couples peuvent éclater facilement sur l'autel du métier.

» Être femme de policier, c'est vivre dans une anxiété perpétuelle. Lorsqu'il est de service de nuit et doit terminer en théorie à 2 heures du matin, mes nuits sont hachées. Chaque retard est inquiétant, je me demande s'il lui est arrivé quelque chose. Je me réveille en sursaut pour vérifier s'il est revenu. L'attentat de Magnanville m'a fait énormément cogiter. Je sais aujourd'hui que les familles de policiers ne sont plus à l'abri. Depuis ce drame, Guillaume rapporte son arme de service à la maison. Pour moi, c'est rassurant. Je me sens davantage en sécurité. La seule chose qui m'inquiète, c'est que notre fille puisse jouer avec. Nous lui avons montré l'arme en lui expliquant que c'était dangereux et qu'il ne fallait y toucher sous aucun prétexte. Elle est rangée dans une mallette, hors de sa portée. Les policiers protègent les gens, mais qui les protège ?

» Lorsqu'on épouse un policier, l'isolement est inévitable, même s'il n'est pas volontaire. Quand j'évoque la profession de Guillaume dans la vie de tous les jours, avec mes collègues, mon entourage, il n'est pas rare que les critiques pleuvent. Je constate qu'il existe une vraie haine du flic. La prise de distance intervient inévitablement. Dans un hôpital où je travaillais il y a quelques années, une collègue m'a demandé un jour quel métier exerçait mon mari. "Policier à Gennevilliers ? Tiens, c'est une sacrée coïncidence, j'y habite et mon fils a eu maille à partir avec la police. Mais il est aujourd'hui calmé", m'avait-elle répondu. En rentrant le soir, j'ai raconté cela à Guillaume en lui donnant le nom de famille de ma collègue. Il m'a confirmé qu'il avait déjà interpellé l'adolescent à plusieurs reprises et qu'il était loin d'être sorti de la délinquance…

» Le résultat est qu'aujourd'hui, même si je suis fière du métier de Guillaume, je n'ai pas envie de crier sur tous les toits qu'il est policier. Nous avons également pris la décision de dire à notre fille de 5 ans de ne pas trop en parler à l'école.

» Finalement, aujourd'hui, notre vie sociale tourne énormément autour de son métier. Nous côtoyons beaucoup de ses collègues. C'est souvent lors de ces repas avec ses amis policiers que j'en apprends davantage sur ce qu'il fait.

» Après l'affaire Théo, il y a eu un ras-le-bol des conjoints et conjointes de policiers. Nous avons eu l'impression de vivre un vrai lynchage médiatique. Toute la profession a été stigmatisée. À cette période, en tant que femme de flic, il valait vraiment mieux vivre cachée. La femme d'un CRS a créé un groupe sur Facebook. Nous étions une petite centaine au début, mais le nombre des adhérents a rapidement grossi. Cela nous permet d'échanger sur nos quotidiens, de partager nos expériences, nos doutes, nos peurs et notre révolte. Non, les policiers ne sont pas tous des salauds, des fachos. En avril 2017, nous avons organisé une manifestation sur le Champ-de-Mars, à Paris, pour exprimer notre soutien et pouvoir, plus librement qu'eux, expliquer les conditions parfois inacceptables dans lesquelles ils accomplissent leurs missions. Depuis les attentats, ils doivent être omniprésents.

» À l'issue de cette manifestation, pour rentrer chez nous, nous sommes passés par les Champs-Élysées. J'étais au volant et Guillaume, à côté de moi, avait enlevé ses chaussures, lorsqu'il a repéré sur le trottoir des policiers qui tentaient d'interpeller un individu en train de se débattre. Ni une, ni deux, il est descendu de la voiture pour aller les aider. Je me suis retrouvée sur la place de l'Étoile, avec mon mari en train de faire une interpellation en chaussettes. Policier 24 heures sur 24 et 7 jours sur 7, ce n'est pas une légende ! »

7

Ordres, contre-ordres, désordres

Attention radars

Certaines notes de service nous mettent particulièrement en colère. C'est le cas de celle-ci, diffusée le 24 août 2016 par le préfet de police de Paris qui « constate une augmentation significative de plus de 49 % du nombre d'infractions au code de la route commises lors de l'utilisation des véhicules de service ». La suite stipule que « pour les infractions les plus graves (feux rouges, excès de vitesse et stationnements gênants, par exemple), les fonctionnaires conduisant les véhicules de service doivent être invités à régler le montant des contraventions ». Cette note a immédiatement suscité l'indignation des agents, relayée par les syndicats. La préfecture a préféré tempérer, expliquant qu'il s'agissait d'un « simple rappel des règles du code de la route à respecter ». Dans les faits, cette note n'est pas appliquée, et c'est heureux. Imagine-t-on exiger d'une patrouille de la BAC, qui poursuit une voiture ou une moto en fuite, qu'elle respecte des limitations de vitesse ? Mais l'épisode a quand même marqué les esprits : parfois, lors d'une intervention, le conducteur freine brutalement à proximité des radars. Un comble…

Silence, les « deux-tons » !

Une autre note a sérieusement agacé dans les commissariats. En mai 2017, le préfet de police de Paris a demandé aux fonctionnaires de réduire l'usage des sirènes deux-tons. Motif : les trop nombreux courriers des Parisiens qui en ont assez des sirènes. Le deux-tons « peut s'avérer particulièrement gênant ou anxiogène en milieu urbain », affirme le préfet. Et il croit bon d'ajouter : « Bien que conscient des contraintes quotidiennes des policiers ainsi que des spécificités de leurs missions, le préfet de police tient à rappeler que l'usage de ces équipements doit être justifié par des nécessités opérationnelles. » À croire que les policiers les utilisent pour leur plaisir, notamment depuis l'instauration de l'état d'urgence…

Chasses interdites

Dans le jargon, poursuivre un individu suspect s'appelle une chasse. Mais depuis des années, la chasse, dans les faits, est définitivement fermée. Des notes de service viennent régulièrement le rappeler comme celle-ci, en date du 6 mars 2015 :

« Objet : règles relatives à l'interception des véhicules.

Les interceptions de véhicules dont les conducteurs refusent délibérément de s'arrêter en dépit des sommations comportent des risques importants. Face à ces situations, un très grand professionnalisme des équipages intervenants est nécessaire afin que l'intégrité physique des fonctionnaires de police et des tiers soit préservée.

La poursuite des véhicules, qu'il s'agisse de deux ou quatre roues, ne peut se justifier qu'en raison d'un fait particulièrement grave.

Entrent dans cette définition les cas de figure suivants :

La fuite ou l'évasion d'un individu armé ayant tenté de s'en prendre à la vie d'une personne ;

La fuite d'un auteur, armé ou non, d'un crime de sang ;

La fuite d'un ou plusieurs auteurs de crimes et délits aggravés entraînant un préjudice corporel.

Les poursuites de véhicules sont proscrites dans toutes les autres situations pénales.

Dans tous les cas, la prise en charge d'un véhicule en fuite doit donner lieu à une information précise et immédiate à la Direction de la sécurité de proximité de l'agglomération parisienne. Doivent notamment être précisés les motifs de la poursuite, l'identification du véhicule, la direction de fuite et les positions successives de ce dernier. La mission de l'équipage consiste à informer la DSPAP afin de permettre une interpellation ultérieure, soit lors de l'abandon du véhicule, soit à l'occasion de la mise en place d'un barrage d'interception.

La conduite des véhicules lors d'une poursuite doit s'effectuer dans un souci constant de la sécurité des fonctionnaires engagés sur l'intervention et des autres usagers. Le positionnement d'un véhicule de police en mouvement devant ou sur le côté du véhicule pris en charge est interdit.

Le chef de bord doit veiller à respecter les règles suivantes :

Port de la ceinture de sécurité pour tout l'équipage ;

Utilisation des avertisseurs sonores et lumineux ;

Conduite adaptée et sécurisée du véhicule, en abordant avec prudence les intersections, les secteurs fréquentés, les courbes et les éventuels ralentisseurs de vitesse ;

Seuls les véhicules rapides ont vocation à poursuivre l'action engagée ;

Seul un nombre limité de véhicules participe à la prise en charge du véhicule en fuite, afin d'éviter un risque de sur-accident. »

Les incidents survenus fin 2007 à Villiers-le-Bel, dans le Val-d'Oise, sont à l'origine de cette directive. Le 25 novembre 2007, un équipage de police, composé de quatre fonctionnaires, s'apprête à rejoindre un véhicule de la brigade anti-criminalité sur une intervention. Le véhicule n'est pas en mission urgente et n'a donc pas de gyrophare. Au carrefour de la rue des Neuf-Arpents, une moto surgit sur la gauche. Ce deux-roues n'est pas homologué pour rouler sur la route, n'a pas de freins, ni d'éclairage. Les deux passagers de la moto, deux adolescents, Moushin et Larami, ne portent pas de casque et circulent à vive allure. Ils percutent de plein fouet la voiture de police, prioritaire selon le code de la route. Ils meurent sur le coup.

À Villiers-le-Bel, la mort des deux adolescents de 15 et 16 ans provoque deux nuits d'émeutes. Un poste de police et une bibliothèque sont incendiés. Quatre-vingt-dix fonctionnaires sont blessés au cours de ces violences urbaines.

L'agent qui conduisait le véhicule bénéficie dans un premier temps d'un non-lieu, délivré en 2009 par le juge d'instruction. Mais en 2010, la cour d'appel, saisie par les avocats des familles des deux jeunes, le renvoie devant le tribunal pour « homicides involontaires ». Il est accusé d'avoir roulé trop vite au moment de l'accident. Jugé en juin 2013 par le tribunal de Pontoise, le policier, âgé de 36 ans est finalement condamné à six mois de prison avec sursis. À l'audience, le procureur avait pourtant implicitement réclamé la relaxe, en mettant l'accent sur le risque pris par les deux jeunes et leur « comportement routier aberrant ».

L'affaire de Villiers-le-Bel a donc eu cette conséquence étrange : il est désormais interdit aux policiers de poursuivre les deux-roues pour éviter des accidents meurtriers.

Mais cela n'empêche pas de nouveaux incidents. Le 5 mai 2017, à Antony, dans les Hauts-de-Seine, un adolescent de 17 ans, originaire du quartier de l'Opéra, à Massy, se tue en percutant un bus à bord de son quad. Il ne portait pas de casque. Dans un communiqué de presse, le procureur de Nanterre précise les faits qui ont précédé le drame. Un équipage de la

BAC repère l'adolescent à une station-service. « Les policiers se dirigent vers lui à pied pour le contrôler et vérifier l'homologation de l'engin. Il prend la fuite en les apercevant. Les policiers le perdent de vue, rejoignent leur véhicule et prennent un autre itinéraire. » Après quelques minutes, « ils l'aperçoivent de nouveau, circulant à vitesse très élevée. Il amorce un virage à droite alors qu'un bus s'engage. Ne parvenant pas à négocier son virage, il percute violemment la gauche du bus et est éjecté de son engin. » Le communiqué du procureur est sans ambiguïté : le véhicule de police ne poursuivait pas le quad, conformément aux instructions de la hiérarchie. Mais à la suite de cet accident, de nombreuses rumeurs circulent entre les jeunes du quartier sur les réseaux sociaux. Certains affirment que la voiture de police poursuivait à vive allure le jeune homme, d'autres que les policiers ont volontairement percuté le quad, et qu'ils n'ont pas porté assistance à la victime après l'accident. Cette fois encore, plusieurs soirées de violences agitent le quartier de l'Opéra à Massy. Les forces de l'ordre sont victimes de jets de cocktails Molotov, de projectiles divers et de feux d'artifice.

Les moto-cross, quads et deux-roues pétaradants pourrissent la vie des cités. Les jeunes s'ingénient à faire de véritables rodéos dans les rues, sur les trottoirs et dans les espaces publics sur des engins bien souvent trafiqués et non homologués. Ils passent leurs journées à échanger leurs motos pour comparer leurs « exploits ». À Gennevilliers, ces nuisances particulièrement sonores nous valent de très nombreux appels de riverains. Notre rôle est de nous déplacer sur les lieux. Mais à notre arrivée, bien évidemment, les jeunes prennent la poudre d'escampette. Les notes de service sont claires : interdiction de les poursuivre ! Ce type de décision nous confère un vrai sentiment d'impuissance. Que dire aux habitants de la ville ? Et quel message faisons-nous passer aux conducteurs, y compris aux délinquants ? Veut-on dire : « Faites comme bon vous semble, vous ne serez pas poursuivis » ?

La note de service précisant que nous avons le droit de poursuivre les véhicules en fuite uniquement dans des cas précis est d'autant plus difficilement applicable que lorsqu'un contrevenant prend la fuite, on ne sait pas toujours pourquoi. De sorte que règne une vaste hypocrisie : tout le monde se couvre et se défausse de ses responsabilités. Le pouvoir politique donne des instructions en sachant que si elles sont respectées à la lettre, des zones de non-droit sont créées. La hiérarchie policière répercute ses instructions en nous incitant dans le même temps à une obligation de résultat, à « faire du chiffre ». Et au final, ce sont les policiers de terrain qui prennent des risques et se retrouvent dans une situation impossible.

Alors, je l'avoue, il arrive que nous contrevenions à cette règle, avec discernement. Au strict sens du droit pénal, nous sommes dans la légalité puisque nous poursuivons un individu pour un refus d'obtempérer. Mais dans les faits, nous savons pertinemment que si un accident survient, tout le monde nous accablera et nous reprochera d'avoir mis en danger la vie d'autrui, alors même que nous ne faisions que remplir notre mission, celle pour laquelle l'État nous rémunère. Avant la publication de cette note, je me suis trouvé dans une situation comparable : nous poursuivions une moto-cross à Colombes, avec deux individus sans casque. Ils ont chuté et ont été sévèrement blessés. Sur place, la situation s'est très vite tendue : les jeunes du quartier ont commencé à se rassembler et à commettre des actes de violence. Que se serait-il passé si cet incident s'était produit après publication des nouvelles instructions ?

Il y a quelque temps, nous sommes tombés au cours d'une patrouille sur un motard non casqué qui, après avoir brûlé trois feux rouges, s'est mis à circuler à toute allure sur les trottoirs, mettant en danger la vie des passants. Comme l'exigent les consignes, nous avons averti par radio la salle de commandement. L'ordre est tombé : « Arrêtez la poursuite. » Comment ne pas ressentir un sentiment de révolte ?

En juillet 2014, un député socialiste du Val-d'Oise, Gérard Sebaoun, a adressé une question écrite au ministère de l'Intérieur sur ces « rodéos moto » qui pourrissent la vie dans les quartiers. « Les rodéos moto sont des courses ou des concours informels de figures effectuées trop souvent sur la voie publique avec différents véhicules deux-roues. Ce phénomène urbain crée des nuisances, notamment sonores, pour les riverains et pose un problème de sécurité pour les autres usagers de l'espace public [...] Après le drame de Villiers-le-Bel de 2007, des notes internes et une circulaire demandent aux forces de l'ordre de ne pas engager de course-poursuite avec ces deux-roues pour ne pas risquer un éventuel accident. Certains contrevenants réalisent des vidéos postées sur Internet qui peuvent inciter à la surenchère et à une prise de risque maximal, délétère pour eux-mêmes et les autres usagers de l'espace public. » Conscient de l'engagement du gouvernement pour assurer la tranquillité et la sécurité de tous en agglomération, il lui demande quelles mesures sont mises en place ou envisagées pour lutter contre ce phénomène.

La réponse du ministre de l'Intérieur de l'époque, Bernard Cazeneuve, est un modèle de langue de bois : « L'interception de ces engins nécessite la mise en place d'importantes mesures de sécurité, afin d'éviter, d'une part, de faire courir des risques aux conducteurs et aux forces de l'ordre et, d'autre part, de déclencher des troubles à l'ordre public. Les forces de l'ordre procèdent à des opérations d'envergure permettant de multiples verbalisations. Elles sont décidées en concertation avec les groupes locaux de traitement de la délinquance et mises en œuvre, sur réquisition du procureur de la République. Ces opérations font intervenir d'autres administrations concernées, telles que les polices municipales, l'Office national des forêts ou l'Office national de la chasse et de la faune sauvage. Ces comportements font l'objet chaque année de plus de 20 000 contraventions, aussi bien pour sanctionner les usagers qui utilisent les deux-roues motorisés à des régimes moteur anormalement élevés, que pour sanctionner ceux qui modifient leurs dispositifs d'origine ou qui adaptent des versions non homologuées. Le code de la route, et notamment l'article R.318-3, punit d'une contravention de troisième classe toute émission de bruits susceptibles de causer une gêne aux usagers de la route ou aux riverains. L'immobilisation du véhicule peut également être prescrite. De plus, l'article R.321-4, 3e alinéa, prévoit que le commerce des pots d'échappement non homologués est puni d'une contravention de quatrième classe. Le 4e alinéa réprime leur usage par une contravention de première classe. S'agissant de l'utilisation de motos tout-terrain dans des lieux ouverts à la circulation, la loi du 27 mai 2008 n° 2008-491 a modifié l'article L 321-1-1 du code de la route. Cette loi interdit la circulation sur la voie publique des cyclomoteurs, des motocycles, des tricycles et des quadricycles non soumis à réception, toute infraction étant punie d'une contravention de cinquième classe. En dehors de ces opérations, l'interception et la verbalisation des fauteurs de troubles peuvent être différées pour des raisons de sécurité, après constatation de l'infraction. Si cette action des forces de l'ordre est alors moins perceptible pour la population, elle n'en a pas moins des effets réels sur les auteurs de ces nuisances. »

Dans la réalité, c'est au moment où les faits sont commis qu'il faut agir. C'est notre mission. Mais nous n'avons pas le droit de le faire !

Des réponses pénales insuffisantes

Depuis quelques années, les policiers sont devenus des cibles mouvantes, non seulement pour les terroristes, mais aussi pour les délinquants. Nous sommes nombreux à penser que la justice est trop laxiste, particulièrement lorsque des policiers subissent des agressions. Le sentiment général est que les juges ne nous aiment pas. Il suffit de lire attentivement la littérature du Syndicat de la magistrature pour s'en apercevoir. Le Code pénal évolue peu, alors même que le niveau de violence s'est considérablement accru ces dernières années. La législation sur les mineurs, dont les fondements reposent sur l'ordonnance du 2 février 1945, est-elle encore adaptée aux comportements des délinquants mineurs de 2017 ?

La procédure pénale, elle, s'est considérablement alourdie au fil des réformes, par exemple lors des gardes à vue. Les droits des gardés à vue ont été renforcés et donnent lieu à de très nombreux procès-verbaux : ils peuvent non seulement s'entretenir avec leur avocat, ce qui est normal, mais également désormais avec une personne de leur choix, pendant trente minutes. Pour le policier, chaque acte procédural est susceptible d'entraîner un vice de procédure, annihilant tous ses efforts.

La légitime défense

En douze ans de service, je n'ai pas tiré un seul coup de feu. Cela peut sembler étonnant, mais se servir de son arme est la hantise de tous les agents. Il faut dire que dès l'école de police, nous sommes conditionnés à ne pas le faire. « Votre première arme, c'est votre stylo », martèlent les instructeurs. L'accent est mis sur les risques encourus par un policier qui utilise son revolver : enquête, garde à vue, suspension, révocation. À tel point que confronté à un terroriste armé prêt à lui tirer dessus, le policier peut hésiter à tirer…

L'affaire de Noisy-le-Sec est à ce titre emblématique. En avril 2012, Damien, policier de 36 ans, intervient avec trois collègues pour tenter d'interpeller un braqueur réputé dangereux. En prenant la fuite, l'individu jette une fausse grenade en direction des agents. Lors de la poursuite, un des policiers crie à Damien : « Fais gaffe ! Il a un pétard ! » Dans l'action, Damien se retrouve face au braqueur et se sentant menacé, il tire quatre balles. L'homme est mortellement blessé. En garde à vue, le policier explique que le braqueur a pointé son arme dans sa direction et qu'il s'apprêtait à ouvrir le feu. Mais les témoins de la scène et d'autres policiers donnent ensuite différentes versions de la scène. Renvoyé en janvier 2016 devant la cour d'assises de Bobigny pour « violences volontaires ayant entraîné la mort sans intention de la donner », Damien plaide la légitime défense. « Sa seule intention, c'était de se défendre », insiste son avocat. Les jurés prononcent l'acquittement. Le principe de légitime défense est retenu. Mais lors du procès en appel, la cour d'assises de Paris voit les choses autrement et prononce à l'encontre du policier une peine de cinq ans de prison avec sursis, avec interdiction de porter une arme pendant la même durée. Cette fois, la légitime défense n'a pas été retenue. Où est la cohérence ?

Autre exemple extrême, lui aussi révélateur du problème : lors des attentats de janvier 2015, nous étions en alerte maximale car l'un des frères Kouachi était originaire de Gennevilliers. Lors de nos patrouilles, nous nous sommes demandé ce que nous ferions si nous tombions sur lui, armé d'une kalachnikov. Car concrètement, la législation sur la légitime défense est extrêmement contraignante pour les policiers. La loi veut que tant qu'un individu armé n'a pas fait usage de son arme, on ne peut pas lui tirer dessus. Il faudrait attendre la microseconde avant qu'il fasse feu pour appuyer sur la détente, juste avant lui. En lui tirant dessus « préventivement », un policier s'attirerait les pires ennuis. Une enquête de l'IGPN serait immédiatement déclenchée. Et ces enquêtes donnent rarement raison aux policiers.

Contrairement à ce que certains affirment, nous ne réclamons pas un « permis de tuer ». Nous voulons simplement avoir la possibilité d'utiliser notre arme dans des conditions adaptées à nos missions, afin de pouvoir défendre nos concitoyens – et nous-mêmes.

IV

EXPLOSION DE COLÈRE

1

Viry-Châtillon, l'attaque de trop

Les policiers paient un lourd tribut à la sécurité publique : en 2014, onze policiers ont été tués dans l'exercice de leur métier, soit cinq de plus qu'en 2010 ; 12 388 ont été blessés, soit plus d'un millier chaque mois.

Le samedi 8 octobre 2016, à Viry-Châtillon, quatre policiers se voient confier une mission « de routine ». Ils sont chargés d'assurer la sécurité d'un carrefour aux abords de la cité de la Grande Borne, où de nombreux automobilistes sont victimes de vols avec violences. Pour tenter de limiter ces agressions, une caméra de vidéosurveillance a été installée depuis quelques mois. Attachée en hauteur à un poteau, elle fait régulièrement l'objet de dégradations. Les collègues sont en surveillance statique dans deux voitures différentes, lorsqu'un groupe d'une quinzaine d'individus les attaque à coups de pierres et de cocktails Molotov. L'agression est d'une violence inouïe, comme le racontera l'un des policiers, un brigadier, quelques jours plus tard, sur Europe 1.

Son récit fait frémir :

« Je ne sais pas par où les assaillants sont passés, mais ils sont arrivés par l'arrière du deuxième véhicule. Avec ma collègue, nous avons subitement entendu une énorme déflagration sur notre gauche. En tournant la tête vers l'autre véhicule, nous avons vu que nos deux collègues étaient encerclés par des individus habillés de noir, avec des cagoules et des capuches. Ils tenaient des projectiles en feu à la main et les lançaient à l'intérieur de la voiture. Nous n'avons même pas eu le temps de réagir. Ils nous ont foncé dessus. Les projectiles pleuvaient et éclataient dans la voiture. Je sentais la chaleur du feu dans mon dos. Pendant ce temps, ils assénaient des coups de poing dans le visage de ma collègue. Des coups ultraviolents. Leur but est de la mettre K.-O. Nous sommes assis, prisonniers du véhicule en feu. Je me dis que si je ne sors pas, je vais mourir. Je hurle à ma collègue de sortir. Finalement, les agresseurs prennent la fuite. Nous parvenons à nous extraire de la voiture et par réflexe, nous courons. À ce moment-là, je me retourne pour voir où sont les deux autres policiers. Là, j'aperçois une collègue féminine arriver, la tête en sang. Elle est consciente et court vers moi. Le dernier collègue apparaît alors dans mon champ de vision. Il a le haut du corps en feu. Il hurle. Je cours vers lui et lui crie de lever les mains pour pouvoir lui arracher ses vêtements enflammés. J'étouffe les flammes avec tout ce que je peux. Mon collègue hurle : “Aide-moi, aide-moi, je ne sens plus mes mains.” Ces images me hantent, elles tournent en boucle dans ma tête ; je ne dors plus. Je veux bien admettre, et encore, qu'on nous lance des pierres. Mais mettre le feu à des véhicules avec des êtres humains dedans, c'est inadmissible, ça ne devrait pas exister. On veut vraiment tuer les fonctionnaires de police. »

Le policier grièvement brûlé, un adjoint de sécurité âgé de 28 ans, a été transporté dans un état grave à l'hôpital Saint-Louis, à Paris. Après cette agression d'une rare violence, les images des véhicules de police complètement détruits par les flammes ont tourné en boucle sur les chaînes d'info et les réseaux sociaux.

Explosion de colère

Cette fois, c'en est trop. Sur les groupes Facebook de policiers, dans les jours qui précédaient, je sentais déjà le ras-le-bol monter chez les fonctionnaires de la base, avec la fatigue liée à l'état d'urgence qui accroît la charge de travail et la vigilance. Deux jours après l'agression, la réaction du ministre de l'Intérieur est loin d'apaiser les esprits. Bernard Cazeneuve qualifie les agresseurs de Viry-Châtillon de « sauvageons », exhumant ainsi une expression employée par l'un de ces prédécesseurs, Jean-Pierre Chevènement, en 1998 : « Ils ont été confrontés à une bande de sauvageons qui ont agi avec lâcheté. » Plusieurs élus de droite et d'extrême droite s'indignent de ce qualificatif, exigeant la démission du ministre. « Je n'appelle pas ça des sauvageons, mais des barbares », réagit Bruno

Le Maire, tandis que Marine Le Pen interpelle sur Twitter Bernard Cazeneuve : « Des sauvageons ?! Non, des criminels ! Je vous rappelle qu'ils n'ont pas craché par terre mais brûlé vifs des policiers. »

De nombreux policiers « de base », comme moi, veulent exprimer leur colère et leur ras-le-bol devant ces agressions intolérables. La mobilisation s'organise à une vitesse phénoménale *via* des SMS et des messages sur Facebook et WhatsApp. Durant le week-end qui suit l'agression, les collègues de l'Essonne manifestent à Évry. Le lundi 17 octobre, sept jours après Viry-Châtillon, la contagion gagne tous les départements d'Île-de-France. Ce SMS en particulier circule : « Bonjour collègues. Suite à un énième événement tragique à Viry-Châtillon, le 8 octobre, l'actualité nous rappelle une fois de plus que nous sommes des cibles. Face à une hiérarchie carriériste, des élites syndicales enlisées dans leurs conflits, et une justice complètement désintéressée par notre sort, nous devons nous souder. Entre Bleus. C'est pour ces raisons qu'un cortège du 91 montera ce soir face à l'hôpital Saint-Louis, à 23 h 30, et qu'il pourra être rejoint par les départements voisins. Nous nous rassemblerons silencieusement pour montrer notre soutien à Vincent, collègue gravement blessé, avant de monter sur les Champs-Élysées exprimer notre mécontentement. Flics de jour, de nuit, de BAC, BST, canine, investigation en ou hors service… Tout le monde doit se mobiliser. Soyez solidaires, soyez présents et partagez ce message à tous vos collègues. On compte sur vous. À ce soir, nombreux et unis ! »

Toute la journée, les policiers relayent le message. La panique gagne la Place Beauvau. Les autorités craignent que les flics en colère veuillent s'inviter au ministère, ou pire au palais de l'Élysée, de l'autre côté de la rue du Faubourg-Saint-Honoré. Le préfet de police de Paris envoie des instructions à toutes les autorités franciliennes : « L'organisation de rassemblements, durant le temps de service et avec des matériels administratifs, ayant pour objectif d'attirer l'attention sur des revendications, ne serait pas acceptable. » Les consignes du préfet sont consciencieusement répercutées, notamment dans l'Essonne, point de départ de la contestation. Le directeur départemental de la sécurité publique du département avertit ses troupes : « Une rumeur persistante évoque un déplacement des policiers de grande couronne en service ce soir en direction de l'hôpital Saint-Louis, puis de la place Beauvau. Cela ne peut être envisagé. Il n'est pas question de dégarnir la voie publique et d'être en incapacité de répondre aux réquisitions ou aux nécessaires renforts sollicités par les équipages en intervention. »

Peu importent ces avertissements. La colère ne faiblit pas. Le soir même, une centaine de policiers de l'Essonne, rejoints par quatre cents collègues de toute la région parisienne, se rassemblent. Le cortège qui prend la direction de l'hôpital Saint-Louis est impressionnant. Les policiers, en civil ou en uniforme, armés, sont venus de partout avec des véhicules banalisés ou des voitures de patrouille sérigraphiées. Le cortège marque un temps d'arrêt devant l'hôpital

Saint-Louis, où Vincent est toujours plongé dans un coma artificiel. Vers minuit, il se dirige vers les Champs-Élysées. Les abords du ministère de l'Intérieur et de l'Élysée sont bloqués, sécurisés.

Sous le regard étonné des passants, gyrophares allumés et sirènes hurlantes, les manifestants bloquent pendant une demi-heure la plus belle avenue du monde. La mobilisation des policiers en colère ne fait que débuter.

2

Les menaces de la hiérarchie

Cette manifestation non autorisée de centaines de policiers au cœur de Paris fait l'effet d'un raz-de-marée dans les médias et entraîne de nombreuses réactions politiques. Les syndicats de policiers, qui n'ont pas appelé à manifester, sont complètement débordés par ce mouvement de la base.

La réaction de la hiérarchie ne tarde pas. Dès le lendemain matin, Jean-Marc Falcone, directeur général de la police nationale, fustige la manifestation des policiers en colère sur les Champs-Élysées : « Plusieurs dizaines [*sic*] de policiers en fonction à Paris et en Île-de-France ont manifesté leur mécontentement dans la capitale. Certains étaient en position de service, dotés de leurs uniformes et véhicules de service. » Le DGPN [directeur général de la police nationale], Jean-Marc Falcone, juge ce comportement inacceptable, ces modalités de l'expression publique des policiers étant contraires à leurs obligations statutaires. « Les policiers en effet ne peuvent outrepasser les devoirs que leur impose leur statut et qui fondent la légitimité de l'accomplissement de leurs missions de police au service de l'ordre public et de la loi républicaine. Par ce comportement, ils fragilisent la police nationale et fragilisent aussi chaque policier. » Le directeur déclenche une enquête de l'IGPN « afin de déterminer les manquements individuels aux règles statutaires ». Quelques heures plus tard, c'est le ministre de l'Intérieur qui condamne, devant les sénateurs, la mobilisation policière : s'il « comprend leur exaspération », Bernard Cazeneuve fait la leçon aux fonctionnaires : « On ne peut pas, quand on est policier, défiler avec des voitures de police et des gyrophares, parce que ce n'est pas conforme à ce qu'est la déontologie de la police dans la République. »

Dans la soirée, Jean-Marc Falcone, accompagné du directeur central de la sécurité publique, Pascal Lalle, tente à nouveau d'éteindre la colère policière, à sa manière. Il se rend au commissariat d'Évry, dans l'Essonne, où il a convoqué les chefs de brigades et de brigades anti-criminalité. « Pour les écouter et échanger avec eux dans une démarche constructive », déclare-t-il. Voilà pour le discours officiel. En réalité, nous savons tous qu'ils cherchent à éteindre la contestation en prenant des sanctions fermes, évoquant des révocations et l'organisation de conseils de discipline, et en remontant les bretelles de la hiérarchie intermédiaire. Dans la soirée, tandis que la réunion se déroule à l'intérieur du commissariat, nous sommes plusieurs centaines à nous rassembler à l'extérieur. C'est ma première participation à ces manifestations de colère. Devant le nombre de collègues venus rejoindre le mouvement, cinq nouveaux groupes WhatsApp ont été créés. Environ quatre cents policiers en civil, portant le brassard de police, venus de toute la région parisienne, sont présents. Nous clamons notre ras-le-bol, nous réclamons des solutions concrètes à nos problèmes. Et ils veulent nous répondre par des coups de règle (de matraque ?) sur les doigts ? L'exaspération est à son comble. Lorsque les grilles du commissariat d'Évry s'ouvrent pour laisser sortir les deux voitures officielles, il est minuit passé. Nous sommes massés sur la chaussée, refusons de nous écarter et tournons résolument le dos aux deux hauts fonctionnaires. Bloquées par les flics en colère et la nuée de journalistes, les deux berlines tentent de se frayer un chemin, centimètre par centimètre. Les cris montent : « Démission, démission ! » Pleins de rage devant ces courageux chefs bien en sécurité dans leurs voitures avec chauffeur, tandis que nous risquons notre vie au quotidien, les manifestants entonnent une *Marseillaise* indignée. Les collègues, avec capuches et cagoules pour ne pas risquer d'être reconnus et sanctionnés, se mettent en travers de la route. Un manifestant se couche sur la chaussée. D'autres collent sur le pare-brise de la première voiture des feuilles de papier sur lesquelles figure notre slogan : « Solidarité avec nos collègues ». Les conducteurs ne peuvent plus avancer tant les affichettes sont nombreuses, elles recouvrent presque entièrement le pare-brise. À l'intérieur des voitures, nos directeurs sont blêmes. Les carrosseries des deux berlines subissent au passage quelques rayures. Enfin, c'est le directeur départemental de la sécurité publique de l'Essonne qui doit personnellement intervenir. Il écarte un par un les protestataires qui obstruent le passage. Police contre police. Flic contre flic. La scène, ahurissante, dure plusieurs minutes. Finalement, les deux voitures parviennent à s'extraire du flot de policiers en colère. Les chauffeurs accélèrent un grand coup – gare à l'excès de vitesse avec des voitures de service – et les deux directeurs disparaissent dans la nuit, sans faire aucune déclaration, certainement frappés par cette opposition inédite de la part de policiers de base, qui face aux dysfonctionnements, refusent désormais de servir de cible aux délinquants et de se laisser docilement malmener. Le lendemain matin, les radios, les chaînes de télé, les réseaux sociaux ne parlent plus que de cela : oui, les policiers sont vraiment en colère, déterminés à se faire entendre.

Un mouvement qui s'installe

Dans les jours qui suivent, le mouvement gagne toute la France. Des rassemblements sont organisés partout. Une centaine de policiers se retrouvent sur le Vieux-Port de Marseille, un millier à Lyon, quatre cents à Metz, deux cents à Toulon, cent cinquante à Saint-Étienne, une centaine à Cherbourg ou Charleville-Mézières. Ça gronde à Nice, Lille, Strasbourg, Cannes, Le Havre, Arras, Nancy, Montpellier, mais aussi aux Antilles, en Guyane, à La Réunion et à Tahiti.

Un cahier de revendications est élaboré : il exige des effectifs supplémentaires et des équipements, dénonce la politique du chiffre, déplore les relations avec la hiérarchie et réclame une évolution de la loi sur la légitime défense. Nous demandons à rencontrer le ministre de l'Intérieur.

Les syndicats, eux, se gardent bien de se prononcer de manière claire sur le mouvement. Pour ma part, je n'hésite pas longtemps, et je décide de rendre ma carte syndicale, d'autant que plusieurs d'entre nous envisagent de monter une structure indépendante, qui porte nos revendications et soit le vrai relais des policiers de la base.

Désormais, les rassemblements sont quotidiens en région parisienne. Le Trocadéro, la place de la République, l'Opéra, le ministère de la Justice, le château de Versailles… Chaque jour, nous changeons le lieu de la manifestation pour bien montrer que notre détermination est sans limites et que le mouvement, loin de s'essouffler, s'amplifie. Nous n'avons pas de slogan politique, mais chantons à chaque fois *La Marseillaise*, le visage dissimulé sous nos cagoules pour échapper aux sanctions. Personne ne veut prendre la tête du mouvement, nous sommes un collectif.

Un soir, un manifestant qui participe à la grogne décide d'enlever sa cagoule et s'improvise porte-parole devant les nombreux journalistes qui nous suivent. Devant les grilles du ministère de l'Intérieur, Rodolphe Schwartz s'autoproclame, face aux micros et caméras, représentant du mouvement. Nous sommes plusieurs à être sceptiques face à cette prise de parole. Comme le révélera dans les heures qui suivent l'hebdomadaire *Le Point*, Rodolphe Schwartz est un ancien adjoint de sécurité affecté au commissariat du XIXe arrondissement de Paris. Il a tenté en vain de passer le concours d'entrée dans la police avant de devenir, en 2014, employé chez Carrefour. Schwartz est extrêmement virulent sur le thème du « Tous pourris ». À Évry, le soir du face-à-face avec le DGPN, il était déjà présent et particulièrement véhément. Mais ce que révèle *Le Point* est aussi de nature à discréditer notre mouvement qui se veut apolitique et entend le rester : en 2013, Schwartz a fondé l'Association de défense des forces de l'ordre. Le groupuscule ne réunit qu'une poignée d'adhérents et il est proche du Front national. Lors des élections municipales de 2014, Schwartz était sur la liste du candidat du FN à Paris. Il n'en faut pas plus pour que certains médias et hommes politiques affirment qu'à quelques mois de l'élection présidentielle, l'ombre de Marine Le Pen se cache derrière cette grogne des policiers, alors même que nous ignorions tout des engagements politiques de Schwartz. Le premier secrétaire du Parti socialiste, Jean-Christophe Cambadélis, évoque même « la patte du FN ». Cela arrange bien également les syndicats de policiers, parfaitement dépassés par le mouvement qui leur échappe depuis le début. Le secrétaire général d'Alliance Police, syndicat marqué à droite, affirme sur les ondes d'une radio publique qu'il y a « des manipulateurs qui œuvrent en coulisses ».

Pour nous tous, policiers engagés, apolitiques, sincères, cette mainmise de Rodolphe Schwartz est une catastrophe. Comment faire comprendre que nous ne sommes pas un groupement de policiers fachos qui avancent, sous couvert d'une colère liée aux conditions de travail, pour le compte de l'extrême droite ? Entre nous, les débats sur la stratégie à adopter sont animés. Nous craignons que chaque soir, à chaque manif, un leader autoproclamé tente à son tour de récupérer et d'instrumentaliser le mouvement. Avec un collègue, nous ne voyons qu'une seule solution : que certains d'entre nous acceptent d'enlever leurs cagoules, pour parler aux journalistes à visage découvert. Et ainsi démontrer quelle est la réelle nature de ce mouvement, hors de toute appartenance politique. Bien sûr, le risque est grand d'être sanctionné pour ceux qui le feraient. Mais procéder ainsi, montrer nos visages, est le seul moyen de conserver notre crédibilité.

Le soir suivant, avec mon collègue, nous participons donc à visage découvert au rassemblement, montrant aux journalistes nos cartes de police. Dans mon entourage, le geste est salué comme étant courageux. Je deviens, malgré moi, l'une des figures du mouvement des policiers en colère.

C'est ainsi que je me retrouve invité en direct le 24 octobre, à visage découvert, sur le plateau de Quotidien, sur TMC, interviewé par Yann Barthès, avec deux autres collègues qui témoignent, eux, sous couvert de l'anonymat. J'explique que si je suis certes délégué syndical de mon commissariat, je ne bénéficie pas de la protection liée à ce statut puisque je participe à ce mouvement contre l'avis de mon syndicat.

Convoqué par le préfet

Les autorités ne savent pas comment gérer cette grogne. Les syndicats dans leur ensemble tentent d'endiguer la colère et de reprendre le contrôle en appelant à une manifestation pour le 26 octobre, jour où François Hollande, président de la République, a prévu de les recevoir. Le pouvoir politique préfère ses interlocuteurs syndicaux habituels, plutôt qu'un collectif né spontanément, par nature plus difficile à identifier et contrôler. Pour éviter d'être récupérés, nous appelons *via* les réseaux sociaux à une autre manifestation, le même jour, devant l'Assemblée nationale. C'est une démonstration de force. Nous sommes plus de 2 000 devant le Palais-Bourbon. Plusieurs députés viennent à notre rencontre, dialoguent avec nous, écoutent notre mal-être et nos revendications. Les médias français et étrangers sont venus en masse. Il y a même des journalistes chinois et russes.

La veille, 25 octobre, le gouvernement a annoncé une série de mesures, pour un budget total de 250 millions d'euros. Ce plan de sécurité publique prévoit d'abord la suppression des « tâches indues » que nous dénonçons. Il s'agit des gardes statiques devant les préfectures et les tribunaux. Les policiers seront remplacés par des dispositifs techniques ou des sociétés de sécurité privées. Deux cent vingt et un postes de policiers sont gagnés et pourront être plus utiles pour d'autres missions. Autre tâche indue, la prise en charge des individus en état d'ivresse. La procédure exige qu'un individu interpellé en état d'ébriété soit d'abord conduit par les policiers à l'hôpital pour obtenir un certificat de non-admission, avant de pouvoir l'amener au commissariat afin de le placer en cellule de dégrisement. Un processus long et lourd. Désormais, ce sont les médecins qui devront se déplacer au commissariat. Les compagnies départementales obtiennent les mêmes équipements que ceux attribués aux BAC après les attentats : fusils d'assaut, gilets pare-balles porte-plaque et boucliers balistiques. Le gouvernement recycle également une mesure déjà annoncée : le remplacement du flash-ball et du pistolet-mitrailleur Beretta. Les véhicules de police seront aussi équipés de films antieffraction et promesse est faite de déployer des véhicules spécifiques au maintien de l'ordre dans les quartiers les plus difficiles. Des travaux sont enfin promis dans les commissariats les plus délabrés. Pour assurer davantage de sécurité pour les policiers, le ministre de l'Intérieur évoque l'anonymisation de certains procès-verbaux. Jusqu'à présent, le nom du policier figurait sur tous les PV. Une personne mise en cause et un tant soit peu vindicative n'avait donc pas beaucoup de difficultés à trouver l'identité du policier qui l'avait interpellé ou auditionné… Sur l'épineux sujet de la légitime défense, le ministre de l'Intérieur promet une réforme. Un projet de loi sera effectivement présenté le 21 décembre en Conseil des ministres. Le texte prévoit que les policiers auront les mêmes droits d'utiliser leurs armes que les gendarmes. C'est-à-dire dans quatre cas de figure : lorsqu'ils sont attaqués ou menacés par une personne armée ; lorsqu'ils doivent défendre un lieu ou des personnes sous leur responsabilité contre une agression ; lorsqu'ils doivent empêcher un détenu de s'échapper ; contre un véhicule qui aurait franchi un barrage de police. En revanche, le projet de loi introduit aussi, pour les gendarmes comme pour les policiers, le fait de devoir se trouver en situation de « nécessité absolue » pour justifier l'usage d'une arme dans ces circonstances. Le projet de loi du gouvernement introduit une autre notion nouvelle dans le droit français : les policiers et gendarmes devront effectuer des sommations avant d'utiliser leurs armes. Pour nous, il s'agit plutôt d'une difficulté supplémentaire : en situation de danger, non seulement nous n'avons pas le temps de faire des sommations, mais il sera également très difficile de prouver qu'elles ont été effectuées. Cette nouvelle loi est en réalité un trompe-l'œil, une fausse bonne nouvelle.

Après la présentation de ce plan, les syndicats de policiers reçus par François Hollande saluent des annonces « importantes » et se déclarent globalement « satisfaits ». Cette satisfaction affichée ne reflète pas le sentiment de nombreux policiers de terrain. Nous estimons au contraire que le compte n'y est pas. Les problèmes d'effectifs et de matériels sont insuffisamment traités, la question du statut du policier n'est pas abordée. Quant à un durcissement de la loi pour faire face aux délinquants, il n'en est même pas question.

Le gouvernement finit par comprendre que les syndicats n'ont pas de prise sur le mouvement, et change de stratégie. Les préfets sont donc chargés d'assurer le « service après-vente » du nouveau plan de sécurité publique en « invitant » – une invitation qui ressemble plutôt à une convocation – les policiers qui manifestent pour les sermonner gentiment. Je fais partie des policiers « invités ». Officiellement, il s'agit de discuter des mesures annoncées par le gouvernement, mais officieusement, c'est surtout l'occasion de rappeler les règles concernant le droit de manifestation, tout en affirmant qu'il n'y aura ni mise à pied, ni sanction, histoire de ne pas jeter d'huile sur le feu.

Les manifs continuent

Tout cela ne suffit pas à stopper le mouvement. Fin octobre, nous sommes plusieurs centaines à nous rassembler une nouvelle fois devant le château de Versailles. Nous défilons ensuite dans les rues de la ville avec un slogan : « Les policiers ne lâcheront rien ! »

D'autres rassemblements se déroulent dans différentes régions. À Marseille, une trentaine de policiers ayant participé aux manifs sont eux aussi convoqués par le préfet de police. Là encore, il souligne le caractère illégal des manifestations, « avec l'utilisation des voitures de police, des brassards, parfois pendant les heures de service ». Mais la préfecture veut se montrer magnanime : « Il n'y aura pas de sanction, ni de mise à pied. Il s'agit de fermement rappeler les règles. »

Si les autorités sont si précautionneuses, c'est que l'opinion publique est plutôt avec nous. Fin octobre, l'institut Ifop réalise un sondage pour le site Atlantico. Quatre-vingt-onze pour cent des Français estiment que nos revendications sont légitimes et soutiennent le mouvement. Jérôme Fourquet, directeur du département opinion publique à l'Ifop, décrypte les résultats du sondage : « L'opinion publique soutient massivement les policiers. Ces derniers se sentent souvent déconsidérés ou mal-aimés par la population, mais nous voyons bien que lorsqu'ils descendent dans la rue, ils bénéficient de la compréhension et de la bienveillance d'une écrasante majorité de Français. » Le soutien à notre mouvement dépasse tous les clivages politiques : 86 % des sympathisants du Parti socialiste estiment notre colère justifiée, 94 % chez Les Républicains, 83 % pour les électeurs du Front de gauche et 97 % chez ceux du Front national. Selon l'Ifop, jamais depuis quinze ans en France un mouvement social n'avait reçu un soutien aussi massif de la part de la population, hormis les mobilisations d'éleveurs laitiers et bovins.

3

Naissance de la MPC et convocation à l'IGPN

Après des semaines de forte mobilisation, la MPC (Mobilisation des policiers en colère) voit le jour le 3 novembre 2016, sous la forme d'une association loi 1901. Son objet est de « recueillir et porter la parole des membres des forces de l'ordre pour défendre les intérêts de la profession ». Je suis l'un des membres fondateurs. Ironie du destin, ce même jour, le 3 novembre, je suis convoqué à l'IGPN, la police des polices, pour m'expliquer sur le rôle que je joue dans le mouvement. Je me souviendrai longtemps de ce face-à-face tendu, de ces accusations que j'ai vécues comme une injustice alors même que si j'ai pris ces risques, c'était dans l'unique but de défendre notre profession.

Grève du zèle et poursuite du mouvement

Dans les jours qui suivent ma convocation à l'IGPN et les annonces gouvernementales, le mouvement de grogne, en apparence, s'essouffle. Dans les faits, la mobilisation prend une autre forme. Dans les services, sur le terrain, c'est une grève du zèle qui s'est installée. La hiérarchie ne jure que par les statistiques des procès-verbaux, interpellations et garde à vue ? Les policiers décident de faire de la pédagogie, plutôt que de la répression. Les chiffres le confirment. En novembre 2016, selon les statistiques du ministère de l'Intérieur, les verbalisations sont en chute libre par rapport à novembre 2015 : les procès-verbaux pour excès de vitesse diminuent de 46 %. Pour des feux rouges brûlés, ils chutent de 52 %. Et ceux pour l'usage du téléphone portable au volant de 54 %. La résistance passive s'organise. Nous attendons des changements concrets et pas uniquement de belles promesses.

Les officiers de police judiciaire (OPJ) se mobilisent également en envoyant par centaines des demandes de retrait d'habilitation OPJ à leur hiérarchie. Un mouvement peu visible de l'extérieur, mais qui a des conséquences réelles. Les OPJ protestent ainsi contre une nouvelle réforme de la garde à vue entrée en vigueur à la mi-novembre 2016. La réforme prévoit qu'un individu en garde à vue puisse désormais s'entretenir avec une personne de son choix pendant trente minutes, en plus de son avocat. Encore davantage de paperasserie pour les OPJ déjà submergés par la lourdeur de la procédure.

En parallèle, la MPC dépose une déclaration préalable en préfecture pour organiser sa première manifestation « légale ». Le 13 décembre, entre l'esplanade des Invalides et la place Denfert-Rochereau, nous sommes plusieurs centaines à défiler au son de différents slogans : « Policiers en colère, citoyens solidaires », « Policiers en danger, société menacée ». *La Marseillaise* retentit à nouveau, ainsi que *Le Chant des partisans*. Nous observons une minute de silence en mémoire de nos collègues blessés et morts en service.

4

Et maintenant ?

Le 21 décembre 2016, le ministre de l'Intérieur a présenté en Conseil des ministres un projet de loi pour renforcer les moyens des policiers et pour assouplir les règles de la légitime défense. Mais nos revendications de base restent à ce jour sans réponse.

La colère est en apparence provisoirement calmée, mais le feu couve et la moindre étincelle relancera la mobilisation. Le plan de 250 millions d'euros promis par le gouvernement ne s'est pas traduit dans les faits. Son examen est resté bloqué au Sénat.

L'objectif de l'association MPC est de ne pas laisser nos revendications disparaître dans le flot de l'actualité et de continuer à faire entendre la voix des policiers de terrain, hors des sphères syndicales. Des antennes du MPC ont été créées dans une quinzaine de départements à travers tout le pays et les CLIP (Collectifs libres et indépendants de la police) de Bordeaux et de Toulouse sont aussi à nos côtés.

Nous attendons qu'un jour un ministre de l'Intérieur plus courageux que les autres organise des « états généraux de la police nationale » qui réuniraient tous les représentants de la profession, y compris les policiers en colère, pour mettre à plat toutes nos difficultés et les résoudre. C'est dans la perspective de ce jour que l'association MPC a rédigé un livre blanc qui rassemble nos revendications. Les difficultés des policiers sont connues de tous, les problèmes sont identifiés, nous attendons maintenant qu'ils soient résolus.

Sur le plan judiciaire, l'affaire de Viry-Châtillon a connu des suites. Les collègues ont procédé à plusieurs vagues d'interpellations. Au total, seize personnes ont été mises en examen pour « tentatives de meurtre sur personnes dépositaires de l'autorité publique, commises en bande organisée ». Depuis l'agression, trois des quatre agents attaqués le 8 octobre 2016 ont été mutés dans des affectations de leur choix. Vincent, l'adjoint de sécurité le plus gravement touché, est sorti de l'hôpital en décembre 2016 pour entamer une longue et douloureuse rééducation.

Pour ma part, je suis toujours à la brigade anticriminalité de Gennevilliers. En août 2017, neuf mois après mon audition, j'ai été averti de la décision de l'IGPN. Selon ses conclusions, j'ai commis plusieurs fautes : manquement à l'obligation d'obéissance, manquement au devoir de réserve. J'aurais même « porté atteinte au crédit et au renom de la police nationale ». Néanmoins, dans la mesure où « les manquements constatés » se sont produits « lors d'une période particulière », mon dossier a été classé sans suite. Je n'ai fait l'objet d'aucune sanction. Au contraire, le rapport reconnaît que je suis un fonctionnaire bien noté, un « élément de valeur, très investi dans l'exécution de ses missions, qui lui tiennent particulièrement à cœur », que je fais preuve « de maturité » lors des interventions et que je suis « discret et respectueux de la hiérarchie ».

Je continue les patrouilles, les interpellations. J'essaie, au quotidien, d'apporter de la sécurité aux habitants de la commune. J'espère un jour rejoindre La Réunion, mon île, et y exercer le métier que j'aime par-dessus tout, gardien de la paix.

Ma fille a compris qu'il ne fallait pas dire à tout le monde que son papa était policier. Mais elle en est fière, et moi aussi, plus que jamais.

Épilogue

J'ai tenté ici de retracer mon parcours, depuis les raisons qui m'ont poussé à postuler au concours d'accès à la profession de gardien de la paix jusqu'au mouvement de policiers en colère. J'ai partagé les bons et les mauvais moments que j'ai vécus au sein de la police nationale. Ce n'est pas parce que je suis en colère que je n'aime pas mon métier, bien au contraire. Comme la majorité de mes collègues, mon vœu le plus cher est de pouvoir l'exercer dans de meilleures conditions. L'écriture est un exercice nouveau et peu courant dans notre profession, parce que nous craignons notamment les sanctions.

Le mouvement de colère inédit de la fin de l'année 2016 nous a permis, pour quelques semaines, d'attirer l'attention sur nos difficultés. Il a été l'occasion pour nous, policiers de terrain, de nous exprimer. La liberté d'expression, pourtant ancrée dans notre Constitution, reste virtuelle dans la police. La parole est très réglementée, contrôlée, parfois même verrouillée. Seuls quelques-uns ont le droit de parler.

C'est le cas de nos représentants syndicaux et de la haute hiérarchie policière auxquels nous avons de plus en plus de mal à accorder notre confiance.

Être intervenu pour parler du malaise des policiers est ainsi perçu comme une « atteinte au crédit et au renom de la police ». Cela m'aura valu près de six heures d'audition dans les bureaux de l'IGPN ! De ces pénibles moments, je préfère retenir le soutien massif de mes collègues et de civils qui ont fait le déplacement pour me soutenir. Je ne les remercierai jamais assez.

J'ai aussi gardé en mémoire ce terme : lanceur d'alerte qui semble avoir perturbé les enquêteurs de l'IGPN. Selon l'ONG Transparency International France, le lanceur d'alerte est une personne qui, « dans le contexte de sa relation de travail, signale un fait illégal, illicite et dangereux, touchant à l'intérêt général, aux personnes ou aux instances ayant le pouvoir d'y mettre fin. » Une définition dans laquelle je me reconnais parfaitement.

Je veux aussi rendre hommage à ces dizaines de milliers d'hommes et de femmes qui sont prêts à sacrifier leurs propres vies pour autrui. Ces héros d'un jour, qu'on embrasse et enlace au lendemain des attentats, mais qu'on traîne dans la boue après le moindre incident impliquant des violeurs, des voleurs ou des délinquants. Avec la complicité malsaine de certains bien-pensants qui usent de leur influence pour jeter le discrédit sur l'ensemble d'une profession. Je n'arrive toujours pas à comprendre comment ils peuvent remettre en cause la présomption d'innocence qu'ils souhaitent à sens unique.

À ce jour, l'expression de notre malaise n'a toujours pas été prise en compte et aucun signe d'encouragement ne nous a été envoyé. Le plan d'urgence de 250 millions d'euros ressemble davantage à un pansement qu'à une solution de fond. Pire, toutes nos demandes d'entretien avec des membres du gouvernement, y compris depuis l'élection d'Emmanuel Macron, sont restées sans réponse. Nous ne désespérons pas. Nous continuons à travailler, dans l'intérêt de notre profession. Nous continuons à tendre la main comme nous l'avons toujours fait, en espérant qu'elle finisse par être saisie. Être policier, en France, en 2017, est un métier difficile, mais je l'aime par-dessus tout.

ANNEXES

1

Le code de déontologie

Depuis le 1er janvier 2014, la police nationale partage un nouveau code de déontologie avec la gendarmerie. Le précédent code de déontologie datait de 1986. Voici ce nouveau code :

Article R. 434-2 – Cadre général de l'action de la police nationale et de la gendarmerie nationale

Placées sous l'autorité du ministre de l'Intérieur pour l'accomplissement des missions de sécurité intérieure et agissant dans le respect des règles du code de procédure pénale en matière judiciaire, la police nationale et la gendarmerie nationale ont pour mission d'assurer la défense des institutions et des intérêts nationaux, le respect des lois, le maintien de la paix et de l'ordre publics, la protection des personnes et des biens. Au service des institutions républicaines et de la population, policiers et gendarmes exercent leurs fonctions avec loyauté, sens de l'honneur et dévouement. Dans l'accomplissement de leurs missions de sécurité intérieure, la police nationale, force à statut civil, et la gendarmerie nationale, force armée, sont soumises à des règles déontologiques communes et à des règles propres à chacune d'elles. Ces dernières sont précisées au titre III du présent décret.

Article R. 434-3 – Nature du code de déontologie et champ d'application

I- Les règles déontologiques énoncées par le présent code procèdent de la Constitution, des traités internationaux, notamment de la convention européenne de sauvegarde des droits de l'homme et des libertés fondamentales, des principes généraux du droit, et des lois et règlements de la République. Elles définissent les devoirs qui incombent aux policiers et aux gendarmes dans l'exercice de leurs missions de sécurité intérieure pendant ou en dehors du service et s'appliquent sans préjudice des règles statutaires et autres obligations auxquelles ils sont respectivement soumis. Elles font l'objet d'une formation, initiale et continue, dispensée aux policiers et aux gendarmes pour leur permettre d'exercer leurs fonctions de manière irréprochable.

II- Pour l'application du présent code, le terme « policier » désigne tous les personnels actifs de la police nationale, ainsi que les personnels exerçant dans un service de la police nationale ou dans un établissement public concourant à ses missions et le terme « gendarme » désigne les officiers et sous-officiers de la gendarmerie, ainsi que les gendarmes adjoints volontaires.

Titre premier Principes généraux
Chapitre Ier
Autorité et protection

Article R. 434-4 – Principe hiérarchique

I- L'autorité investie du pouvoir hiérarchique prend des décisions, donne des ordres et les fait appliquer. Elle veille à ce que ses instructions soient précises et apporte à ceux qui sont chargés de les exécuter toutes informations pertinentes nécessaires à leur compréhension. L'autorité hiérarchique assume la responsabilité des ordres donnés. Ordres et instructions parviennent à leurs destinataires par la voie hiérarchique. Si l'urgence impose une transmission directe, la hiérarchie intermédiaire en est informée sans délai.

II- Le policier ou le gendarme porte sans délai à la connaissance de l'autorité hiérarchique tout fait survenu à l'occasion ou en dehors du service, ayant entraîné ou susceptible d'entraîner sa convocation par une autorité de police, juridictionnelle, ou de contrôle.

Article R. 434-5 – Obéissance

I- Le policier ou le gendarme exécute loyalement et fidèlement les instructions et obéit de même aux ordres qu'il reçoit de l'autorité investie du pouvoir hiérarchique, sauf dans le cas où l'ordre donné est manifestement illégal et de nature à compromettre gravement un intérêt public. S'il pense être confronté à un tel ordre, il fait part de ses objections à l'autorité qui le lui a donné, ou, à défaut, à la première autorité qu'il a la possibilité de joindre, en mentionnant expressément le caractère d'illégalité manifeste qu'il lui attribue. Si, malgré ses objections, l'ordre est maintenu, il peut en demander la confirmation écrite lorsque les circonstances le permettent. Il a droit à ce qu'il soit pris acte de son opposition. Même si le policier ou le gendarme reçoit la confirmation écrite demandée et s'il exécute l'ordre, l'ordre écrit ne l'exonère pas de sa responsabilité. L'invocation à tort d'un motif d'illégalité manifeste pour ne pas exécuter un ordre régulièrement donné expose le subordonné à ce que sa responsabilité soit engagée. Dans l'exécution d'un ordre, la responsabilité du subordonné n'exonère pas l'auteur de l'ordre de sa propre responsabilité.

II- Le policier ou le gendarme rend compte à l'autorité investie du pouvoir hiérarchique de l'exécution des ordres reçus ou, le cas échéant, des raisons de leur inexécution. Dans les actes qu'il rédige, les faits ou événements sont relatés avec fidélité et précision.

Article R. 434-6 – Obligations incombant à l'autorité hiérarchique

I- Le supérieur hiérarchique veille en permanence à la préservation de l'intégrité physique de ses subordonnés. Il veille aussi à leur santé physique et mentale. Il s'assure de la bonne condition de ses subordonnés.

II- L'autorité investie du pouvoir hiérarchique conçoit et met en œuvre au profit des personnels une formation adaptée, en particulier dans les domaines touchant au respect de l'intégrité physique et de la dignité des personnes ainsi qu'aux libertés publiques. Cette formation est régulièrement mise à jour pour tenir compte des évolutions affectant l'exercice des missions de police administrative et judiciaire.

Article R. 434-7 – Protection fonctionnelle

L'État défend le policier ou le gendarme, ainsi que, dans les conditions et limites fixées par la loi, ses proches, contre les attaques, menaces, violences, voies de fait, injures, diffamations et outrages dont il peut être victime dans l'exercice ou du fait de ses fonctions. L'État accorde au policier ou au gendarme sa protection juridique en cas de poursuites judiciaires liées à des faits qui n'ont pas le caractère d'une faute personnelle. Il l'assiste et l'accompagne dans les démarches relatives à sa défense.

Chapitre II
Devoirs du policier et du gendarme

Article R. 434-8 – Secret et discrétion professionnels

Soumis aux obligations du secret professionnel et au devoir de discrétion, le policier ou le gendarme s'abstient de divulguer à quiconque n'a ni le droit, ni le besoin d'en connaître, sous quelque forme que ce soit, les informations dont il a connaissance dans l'exercice ou au titre de ses fonctions.

Article R. 434-9 – Probité

Le policier ou le gendarme exerce ses fonctions avec probité. Il ne se prévaut pas de sa qualité pour en tirer un avantage personnel et n'utilise pas à des fins étrangères à sa mission les informations dont il a connaissance dans le cadre de ses fonctions. Il n'accepte aucun avantage ni aucun présent directement ou indirectement lié à ses fonctions ou qu'il se verrait proposer au motif, réel ou supposé, d'une décision prise ou dans l'espoir d'une décision à prendre. Il n'accorde aucun avantage pour des raisons d'ordre privé.

Article R. 434-10 – Discernement

Le policier ou le gendarme fait, dans l'exercice de ses fonctions, preuve de discernement. Il tient compte en toutes circonstances de la nature des risques et menaces de chaque situation à laquelle il est confronté et des délais qu'il a pour agir, pour choisir la meilleure réponse légale à lui apporter.

Article R. 434-11 – Impartialité

Le policier et le gendarme accomplissent leurs missions en toute impartialité. Ils accordent la même attention et le même respect à toute personne et n'établissent aucune distinction dans leurs actes et leurs propos de nature à constituer l'une des discriminations énoncées à l'article 225-1 du Code pénal.

Article R. 434-12 – Crédit et renom de la police nationale et de la gendarmerie nationale

Le policier ou le gendarme ne se départ de sa dignité en aucune circonstance. En tout temps, dans ou en dehors du service, y compris lorsqu'il s'exprime à travers les réseaux de communication électronique sociaux, il s'abstient de tout acte, propos ou comportement de nature à nuire à la considération portée à la police nationale et à la gendarmerie nationale. Il veille à ne porter, par la nature de ses relations, aucune atteinte à leur crédit ou à leur réputation.

Article R. 434-13 – Non cumul d'activité

Le policier ou le gendarme se consacre à sa mission. Il ne peut exercer une activité privée lucrative que dans les cas et les conditions définis pour chacun d'eux par les lois et règlements.

Titre II
Dispositions communes à la police nationale et à la gendarmerie nationale
Chapitre Ier
Relation avec la population et respect des libertés

Article R. 434-14 – Relation avec la population

Le policier ou le gendarme est au service de la population. Sa relation avec celle-ci est empreinte de courtoisie et requiert l'usage du vouvoiement. Respectueux de la dignité des personnes, il veille à se comporter en toutes circonstances d'une manière exemplaire, propre à inspirer en retour respect et considération.

Article R. 434-15 – Port de la tenue

Le policier ou le gendarme exerce ses fonctions en uniforme. Il peut être dérogé à ce principe selon les règles propres à chaque force. Sauf exception justifiée par le service auquel il appartient ou la nature des missions qui lui sont confiées, il se conforme aux prescriptions relatives à son identification individuelle.

Article R. 434-16 – Contrôles d'identité

Lorsque la loi l'autorise à procéder à un contrôle d'identité, le policier ou le gendarme ne se fonde sur aucune caractéristique physique ou aucun signe distinctif pour déterminer les personnes à contrôler, sauf s'il dispose d'un signalement précis motivant le contrôle. Le contrôle d'identité se déroule sans qu'il soit porté atteinte à la dignité de la personne qui en fait l'objet. La palpation de sécurité est exclusivement une mesure de sûreté. Elle ne revêt pas un caractère systématique. Elle est réservée aux cas dans lesquels elle apparaît nécessaire à la garantie de la sécurité du policier ou du gendarme qui l'accomplit ou de celle d'autrui. Elle a pour finalité de vérifier que la personne contrôlée n'est pas porteuse d'un objet dangereux pour elle-même ou pour autrui. Chaque fois que les circonstances le permettent, la palpation de sécurité est pratiquée à l'abri du regard du public.

Article R. 434-17 – Protection et respect des personnes privées de liberté

Toute personne appréhendée est placée sous la protection des policiers ou des gendarmes et préservée de toute forme de violence et de tout traitement inhumain ou dégradant. Nul ne peut être intégralement dévêtu, hors le cas et dans les conditions prévus par l'article 63-7 du code de procédure pénale visant la recherche des preuves d'un crime ou d'un délit. Le policier ou le gendarme ayant la garde d'une personne appréhendée est attentif à son état physique et psychologique et prend toutes les mesures possibles pour préserver la vie, la santé et la dignité de cette personne. L'utilisation du port des menottes ou des entraves n'est justifiée que lorsque la personne appréhendée est considérée soit comme dangereuse pour autrui ou pour elle-même, soit comme susceptible de tenter de s'enfuir.

Article R. 434-18 – Emploi de la force

Le policier ou le gendarme emploie la force dans le cadre fixé par la loi, seulement lorsque c'est nécessaire, et de façon proportionnée au but à atteindre ou à la gravité de la menace, selon le cas. Il ne fait usage des armes qu'en cas d'absolue nécessité et dans le cadre des dispositions législatives applicables à son propre statut.

Article R. 434-19 – Assistance aux personnes

Lorsque les circonstances le requièrent, le policier ou le gendarme, même lorsqu'il n'est pas en service, intervient de sa propre initiative, avec les moyens dont il dispose, notamment pour porter assistance aux personnes en danger.

Article R. 434-20 – Aide aux victimes

Sans se départir de son impartialité, le policier ou le gendarme accorde une attention particulière aux victimes et veille à la qualité de leur prise en charge tout au long de la procédure les concernant. Il garantit la confidentialité de leurs propos et déclarations.

Article R. 434-21 – Usage des traitements de données à caractère personnel

Sans préjudice des exigences liées à l'accomplissement de sa mission, le policier ou le gendarme respecte et préserve la vie privée des personnes, notamment lors d'enquêtes administratives ou judiciaires. À ce titre, il se conforme aux dispositions législatives et réglementaires qui régissent la création et l'utilisation des traitements de données à caractère personnel. Il alimente et consulte les fichiers auxquels il a accès dans le strict respect des finalités et des règles propres à chacun d'entre eux, telles qu'elles sont définies par les textes les régissant, et qu'il est tenu de connaître.

Article R. 434-22 – Traitement des sources humaines

À l'occasion de la recherche des renseignements nécessaires à ses missions, le policier ou le gendarme peut avoir recours à des informateurs. Dans ce cas, il est tenu d'appliquer les règles d'exécution du service définies en la matière pour chacune des deux forces.

Chapitre II
Contrôle de l'action de la police et de la gendarmerie

Article R. 434-23 – Principes du contrôle

La police nationale et la gendarmerie nationale sont soumises au contrôle des autorités désignées par la loi et par les conventions internationales. Dans l'exercice de leurs missions judiciaires, la police nationale et la gendarmerie nationale sont soumises au contrôle de l'autorité judiciaire conformément aux dispositions du code de procédure pénale.

Article R. 434-24 – Défenseur des droits

La police nationale et la gendarmerie nationale sont soumises au contrôle du Défenseur des droits conformément au rôle que lui confère l'article 71-1 de la Constitution. L'exercice par le Défenseur des droits de ce contrôle peut le conduire à saisir l'autorité chargée d'engager les poursuites disciplinaires des faits portés à sa connaissance qui lui paraissent de naturc à justifier une sanction. Lorsqu'il y est invité par le Défenseur des droits, le policier ou le gendarme lui communique les informations et pièces que celui-ci juge utiles à l'exercice de sa mission. Il défère à ses convocations et peut à cette occasion être assisté de la personne de son choix.

Article R. 434-25 – Contrôle hiérarchique et des inspections

L'autorité investie du pouvoir hiérarchique contrôle l'action de ses subordonnés. Le policier ou le gendarme est également soumis au contrôle d'une ou de plusieurs inspections générales compétentes à l'égard du service auquel il appartient. Sans préjudice des règles propres à la procédure disciplinaire et des droits dont le policier ou le gendarme bénéficie en cas de mise en cause personnelle, il facilite en toutes circonstances le déroulement des opérations de contrôle et d'inspection auxquelles il est soumis.

Article R. 434-26 – Contrôle des pairs

Les policiers et gendarmes de tous grades auxquels s'applique le présent code en sont dépositaires. Ils veillent à titre individuel et collectif à son respect.

Article R. 434-27 – Sanction des manquements déontologiques

Tout manquement du policier ou du gendarme aux règles et principes définis par le présent code l'expose à une sanction disciplinaire en application des règles propres à son statut, indépendamment des sanctions pénales encourues le cas échéant.

Titre III
Dispositions propres à la police nationale ou à la gendarmerie nationale
Chapitre Ier
Dispositions propres à la police nationale

Article R. 434-28 – Considération, respect et devoir de mémoire

La fonction de policier comporte des devoirs et implique des risques et des sujétions qui méritent le respect et la considération de tous. Gardien de la paix, éventuellement au péril de sa vie, le policier honore la mémoire de ceux qui ont péri dans l'exercice de missions de sécurité intérieure, victimes de leur devoir.

Article R. 434-29 – Devoir de réserve

Le policier est tenu à l'obligation de neutralité. Il s'abstient, dans l'exercice de ses fonctions, de toute expression ou manifestation de ses convictions religieuses, politiques ou philosophiques. Lorsqu'il n'est pas en service, il s'exprime librement dans les limites imposées par le devoir de réserve et par la loyauté à l'égard des institutions de la République. Dans les mêmes limites, les représentants du personnel bénéficient, dans le cadre de leur mandat, d'une plus grande liberté d'expression.

Article R. 434-30 – Disponibilité

Le policier est disponible à tout moment pour les nécessités du service.

Chapitre II
Dispositions propres à la gendarmerie nationale

Article R. 434-31 – L'état de militaire, le service de la Nation et le devoir de mémoire

Le militaire de la gendarmerie obéit aux règles militaires et adhère aux valeurs inhérentes à son statut. L'état militaire exige en toute circonstance esprit de sacrifice, pouvant aller jusqu'au sacrifice suprême, discipline, disponibilité, loyalisme et neutralité. Les devoirs qu'il comporte et les sujétions qu'il implique méritent le respect des citoyens et la considération de la Nation. Les honneurs militaires sont rendus aux militaires de la gendarmerie nationale victimes du devoir ou du seul fait de porter l'uniforme. Leur mémoire est honorée.

Article R. 434-32 – Devoir de réserve

Les militaires de la gendarmerie ne peuvent exprimer des opinions ou croyances, notamment philosophiques, religieuses ou politiques qu'en dehors du service et avec la réserve exigée par l'état militaire, conformément aux dispositions du code de la défense. Dans le cadre du dialogue interne mis en place au sein de l'institution militaire, ils disposent de différentes instances de représentation et de concertation dans lesquelles les membres s'expriment librement.

Article R. 434-33 – Autres textes afférents à la déontologie des militaires de la gendarmerie nationale

Le gendarme, soldat de la loi, est soumis aux devoirs et sujétions prévus par le statut général des militaires défini par le code de la défense, ainsi qu'aux sujétions spécifiques liées aux conditions de l'exercice du métier de militaire de la gendarmerie.

2

Le concours d'entrée dans la police

Pourriez-vous entrer dans la police ? Voici le questionnaire à choix multiples de culture générale sur lequel ont planché les candidats au concours en 2016.

CONCOURS NATIONAL DE GARDIEN DE LA PAIX DE LA POLICE NATIONALE

1. Qui est le créateur de Twitter ?

A- Mark Zuckerberg
B- Steve Wozniak
C- Jack Dorsey

2. Dans le sigle GIPN que veulent dire les lettres G et I ?

A- Groupe d'investigation
B- Groupe d'interpellation
C- Groupe d'intervention

3. Laquelle de ces personnalités n'a jamais été préfet de police de Paris ?

A- Michel Gaudin

B- Michel Cadot
C- Martine Monteil

4. Les citoyens américains élisent leur président…
A- Au suffrage universel indirect
B- Au suffrage universel direct
C- Par référendum

5. Qu'est-ce qu'une directive européenne ?
A- Une lettre d'instruction européenne
B- Une catégorie d'actes juridiques européens
C- Un programme politique européen

6. Qui récompense-t-on dans le cadre du concours Lépine ?
A- Les inventeurs
B- Les jardiniers
C- Les architectes

7. Que permet le recours à l'article 49 alinéa 3 (49.3) de la Constitution du 4 octobre 1958 ?
A- Il confère au président de la République française des « pouvoirs exceptionnels »
B- Il définit le dispositif de l'état de siège en France
C- Il permet au gouvernement de faire passer le texte qu'il présente, sans vote

8. Parmi les directions suivantes, laquelle n'appartient pas au ministère de l'Intérieur :
A- La direction générale des étrangers en France
B- La direction générale de la gendarmerie nationale
C- La direction générale des affaires politiques

9. La DILCRA est :

A- La Délégation interministérielle à la lutte contre les réunions anarchistes

B- La Délégation interministérielle à la lutte contre le racisme et l'antisémitisme

C- La Délégation interministérielle à la lutte contre le réchauffement atmosphérique

10. Sous la Vᵉ République, lequel de ces hommes politiques français n'a jamais été ministre de l'Intérieur ?

A- Pierre Joxe

B- François Baroin

C- Michel Debré

11. Le Conseil d'État est :

A- Le juge administratif suprême

B- Une cour administrative de 1er degré

C- Une formule pour désigner une réunion solennelle du gouvernement

12. Le directeur général de la gendarmerie nationale est nommé :

A- En Conseil des ministres

B- Par le président de la République seul

C- Par un conseil extraordinaire militaire

13. Lors d'un scrutin, lorsqu'on glisse un bulletin de vote annoté dans une enveloppe, il s'agit :

A- D'un vote blanc

B- D'un vote nul

C- D'un suffrage exprimé

14. François Hollande n'a jamais été :

A- Député de la Creuse
B- Maire de Tulle
C- Maître de conférence à l'IEP de Paris

15. La Direction centrale de la police aux frontières compte 4 commissariats communs avec :

A- L'Allemagne
B- La Suisse
C- La Belgique

16. Quel grade n'existe plus dans la police nationale ?

A- Major de police
B- Commissaire de police
C- Inspecteur de police

17. Le MEDEF est une organisation :

A- Ouvrière
B- Patronale
C- Sportive et culturelle

18. Lors d'une cérémonie, le chef de protocole demande de mettre le drapeau en berne. Cela signifie qu'il faut :

A- Hisser les couleurs
B- Baisser les couleurs
C- Arrêter le dispositif

19. Qui préside Interpol au 1er janvier 2016 ?

A- Mireille Ballestrazzi
B- Jürgen Stock
C- Jean-Marc Falcone

20. Le football est un sport qui a été créé et codifié par :

A- Les Français
B- Les Anglais
C- Les Allemands

21. Le service volontaire citoyen est ouvert aux personnes âgées au minimum de :

A- 16 ans
B- 17 ans
C- 18 ans

22. Où est installée la sous-direction de la police technique et scientifique ?

A- Paris (75)
B- Écully (69)
C- Satory (78)

23. Quel est l'inventeur des jeux Olympiques modernes ?

A- Michel Bréal
B- Pierre de Coubertin
C- Dimitrios vikelas

24. Quelle est la distance exacte du marathon tel qu'on le connaît aujourd'hui ?

A- 40,105 km
B- 45,310 km
C- 42,195 km

25. Quel athlète a remporté le titre de champion du monde de saut à la perche en mars 2016 ?

A- Sam Kendricks

B- Piotr Lisek
C- Renaud Lavillenie

26. Quelle religion ci-dessous n'est pas une religion révélée ?

A- L'islam
B- Le judaïsme
C- Le bouddhisme

27. Le quechua est :

A- Une langue parlée au Pérou
B- Une région péruvienne
C- Une fibre végétale imperméabilisante

28. En 2015, une convention de partenariat a été signée entre le ministère de l'Intérieur et l'association « les bouchons d'amour ». C'est un partenariat pour collecter des bouchons et des embouts usagés d'éthylotests pour l'achat de matériel pour :

A- Des délinquants en centre de rééducation
B- Des personnes handicapées
C- Des toxicomanes en cure de désintoxication

29. Le Gotha est :

A- Une province de Palestine
B- Une colline de Jérusalem
C- Un annuaire de famille princière

30. Quelle personnalité de la gastronomie française est décédée en mars 2016 ?

A- Paul Bocuse
B- Bernard Loiseau
C- Jean-Pierre Coffe

31. Parmi ces « douceurs », quelle est celle qui n'est pas une confiserie ?

A- Le cookie
B- Le berlingot
C- La bêtise

32. Quelle est la couleur qui ne compose pas le drapeau belge ?

A- Le rouge
B- Le blanc
C- Le noir

33. Que recouvre le sigle « RAEP » ?

A- La rémunération assurée par l'État providence
B- La réglementation approfondie des examens professionnels
C- La reconnaissance des acquis de l'expérience professionnelle

34. La loi n° 83-634 du 13 juillet 1983 est relative :

A- Aux droits et obligations des fonctionnaires
B- Au harcèlement sexuel et aux discriminations
C- Au défenseur des droits

35. Le policier exerce ses fonctions avec probité (art R 434-9 du code de déontologie de la police nationale). Que signifie « avoir de la probité » ?

A- Détenir des prérogatives pour exercer ses fonctions
B- Disposer de preuves pour sanctionner les infractions
C- Être attaché aux devoirs de la justice et de la morale

36. Parmi ces départements, régions et collectivités d'outre-mer, quel(le) est celui (ou celle) qui n'est pas caractérisé(e) par l'insularité ?

A- La Guadeloupe
B- Saint-Martin
C- La Guyane

37. Les « TAAF » qui forment un territoire d'outre-mer français sont situées :

A- Dans l'océan Antarctique
B- Dans l'océan Atlantique
C- Dans l'océan Pacifique

38. Médicis, Fémina, Interallié évoquent pour vous des prix qui récompensent :

A- Des œuvres plastiques
B- Des œuvres littéraires
C- Des œuvres lyriques

39. Le vélo, mode de déplacement écologique, se décline en ville de plusieurs façons. Quelle proposition ne relève pas de cette évolution citadine ?

A- Le VSP, vélo à système de propulsion
B- Le VAE, vélo à assistance électrique
C- Le VLS, vélo en libre-service

40. L'Union européenne comporte :

A- 2 langues officielles
B- 24 langues officielles
C- 30 langues officielles

41. Parmi les personnalités suivantes, laquelle aurait célébré son 100ᵉ anniversaire en 2016 ?

A- Georges Pompidou
B- François Mitterrand
C- Jacques Chaban-Delmas

42. La présidence de l'Union européenne est assurée ?

A- Par élection au suffrage universel indirect
B- Par rotation par chacun des 28 pays membres
C- Par désignation du précédent président

43. Au rugby, quel pays ne participe pas au tournoi des Six Nations ?

A- La Nouvelle-Zélande
B- L'Italie
C- L'Écosse

44. Le film *Le Labyrinthe* est adapté du roman de :

A- James Dashner
B- Stephenie Meyer
C- Suzanne Collins

45. Que concernent essentiellement les accords de Schengen ?

A- La politique agricole commune
B- La suppression des contrôles aux frontières
C- La création de l'euro

46. L'état d'urgence est déclaré par :

A- Le Conseil des ministres
B- L'Assemblée nationale
C - Le Parlement

47. Qu'est-ce que le principe du double degré de juridiction ?

A- Le fait qu'il y ait une juridiction civile et pénale
B- Le fait qu'il y ait possibilité de faire appel
C- Le fait qu'il y ait un ordre judiciaire et administratif

48. Le Kilimandjaro est un sommet :

A- Asiatique
B- Africain
C- Américain

49. André Courrèges, décédé en 2016, était :

A- Un romancier
B- Un créateur de mode
C- Un acteur

50. Aux États-Unis, le sigle CIA désigne :

A- Central Intelligence Agency
B- Central Information Agencement
C- Capital Information Agency

51. Que signifie l'acronyme RAID ?

A- Répression, Action, Interpellation, Défense
B- Recherche, Assistance, Intervention, Dissuasion
C- Repérage, Aide, Identification, Déferrement

52. En 2009, quel traité a pour objectif de rendre l'Union européenne plus démocratique, efficace et apte à affronter les problèmes mondiaux tels que le changement climatique ?

A- Traité d'Amsterdam
B- Traité de Lisbonne
C- Traité de Nice

53. Qu'est-ce qui offre aux volontaires « l'opportunité de servir les valeurs de la République et de s'engager en faveur d'un projet collectif en effectuant une mission d'intérêt général » ?

A- La Journée d'appel de préparation à la défense

B- La Journée défense et citoyenneté

C- Le service civique

54. Que signifie l'expression Brexit ?

A- La volonté d'une partie des citoyens de Grande-Bretagne de quitter l'Union européenne

B- Le souhait d'une partie des citoyens brésiliens de quitter le Mercosur

C- La volonté que Bruxelles soit une ville où seul le flamand est parlé

55. Qu'est-ce que l'intelligence économique ?

A- L'activité de collecte, de traitement et de diffusion de l'information utile aux acteurs économiques

B- L'innovation technologique, la recherche appliquée à l'industrie pour réaliser des profits

C- Le recrutement des meilleurs étudiants par les firmes industrielles pour accroître leur compétitivité

56. Laquelle de ces villes n'accueille pas un festival du film policier ?

A- Avoriaz

B- Beaune

C- Cognac

57. Quel principe républicain ne retrouve-t-on pas dans l'article 1 de la Constitution de 1958 ?

A- Laïcité

B- Neutralité
C- Démocratie

58. Qu'est-ce qu'un zadiste ?
A- Un lecteur de bandes dessinées
B- Un amateur de la marque Zadig et Voltaire
C- Un opposant à un projet d'aménagement d'une zone naturelle

59. Que signifie le deuxième A du sigle TAAF ?
A- Antarctiques
B- Arctiques
C- Australes

60. Comment appelle-t-on le dispositif rassemblant les obligations des États membres de la zone euro à l'égard de leurs partenaires ?
A- Pacte de stabilité et de croissance
B- Pacte de compétitivité et de solidarité
C- Pacte monétaire européen

61. Où sont remis les prix Nobel ?
A- Paris
B- Amsterdam
C- Stockholm

62. Marie Curie est surtout connue pour ses travaux sur :
A- La propagation des ondes radio
B- La radioactivité
C- La bombe atomique

63. Laquelle de ces trois femmes a été Premier ministre en France ?

A- Simone Veil
B- Édith Cresson
C- Martine Aubry

64. Quelle est l'exacte définition du protectionnisme ?

A- La mise en place de taxes sur les produits importés pour protéger le marché intérieur d'un pays

B- La mise en place de vérifications d'identité systématiques pour toute personne franchissant la frontière entre deux pays

C- La mise en place d'une zone de protection contre l'immigration clandestine

65. Comment devient-on français pour des enfants nés à l'étranger ?

A- Il faut avoir quitté son pays d'origine depuis plus de cinq ans

B- Il faut avoir résidé cinq ans en France entre les âges de 11 et 18 ans

C- Il faut obtenir un diplôme du système éducatif français

66. Quelle mission ne relève pas de l'ONU ?

A- Respect du droit international
B- Réguler l'immigration européenne
C- Maintien de la paix

67. En quelle année a-t-on légiféré sur l'interdiction du port de signes religieux ostentatoires dans les écoles publiques ?

A- 1905

B- 2004
C- 2013

68. Quelle loi Simone Veil fait-elle voter en 1975 ?

A- La loi sur la parité
B- La loi sur l'égalité professionnelle entre hommes et femmes
C- La loi autorisant l'interruption volontaire de grossesse

69. L'état d'urgence autorise les perquisitions dans tous les lieux sauf :

A- Dans un lieu affecté à l'exercice d'un mandat parlementaire
B- Dans une église de confession catholique
C- Dans une école publique et laïque

70. Que trouve-t-on dans le B3 d'un casier judiciaire ?

A- Toutes les condamnations d'une personne
B- Les condamnations les plus graves
C- Les condamnations les moins graves

71. Au 1er janvier 2016, combien y a-t-il de femmes parmi les 12 directeurs des services actifs de la police nationale ?

A- 1
B- 3
C- 6

72. Comment les juges du parquet requièrent-ils obligatoirement ?

A- Assis

B- Debout

C- La main sur le Code pénal

73. Qu'appelle-t-on un recours de plein contentieux ?

A- La mise en cause de la responsabilité de l'administration pour obtenir des dommages et intérêts

B- Une plainte pour excès de pouvoir de l'administration

C- Une intervention du tribunal administratif comme juge des élections locales

74. Que signifie l'acronyme NOTRe ?

A- Nouvelle organisation territoriale de la République

B- Nouvelle organisation des transports régionaux

C- Nouvel organisme pour les tarifications réglementaires

75. Quel est le point commun à Paris, Lens et Abu Dhabi ?

A- Elles possèdent un opéra

B- Elles possèdent un musée du Louvre

C- Elles possèdent des parcs d'attractions Disney

76. Quelle est la particularité du grand escalier de Chambord ?

A- Deux personnes peuvent l'emprunter sans se croiser

B- Il n'a pas de rampe

C- Il est en marbre

77. Lequel de ces prix n'existe pas ?

A- Prix Nobel de littérature

B- Prix Nobel de physique

C- Prix Nobel de mathématiques

78. Le 15 est le numéro :

A- Des pompiers
B- Du SAMU
C- De la police

79. Qui est le fondateur de la Croix-Rouge ?

A- Bernard Kouchner
B- Henri Dunant
C- Albert Schweitzer

80. Le gigabit est une unité de mesure ou de stockage dans le langage informatique. Combien de bits exprime-t-il ?

A- 10^3
B-10^6 bits
C- 10^9 bits

Réponses au questionnaire

1- C. / 2- C. / 3- C. / 4- A. / 5- B. / 6- A. / 7- C. / 8- C. / 9- B. / 10- C. / 11- A. / 12- A. / 13- B. / 14- A. / 15- A. / 16- C. / 17- B. / 18- B. / 19- A. / 20- B. / 21- B. / 22- B. / 23- B. / 24- C. / 25- C. / 26- C. / 27- A. / 28- B. / 29- C. / 30- C. / 31- A. / 32- B. / 33- C. / 34- A. / 35- C. / 36- C. / 37- A. / 38- B. / 39- A. / 40- B. / 41- B. / 42- B. / 43- A. / 44- A. / 45- B. / 46- A. / 47- B. / 48- B. / 49- B. / 50- A. / 51- B. / 52- B. / 53- C. / 54- A. / 55- A. / 56- A. / 57- B. / 58- C. / 59- C. / 60- A. / 61- C. / 62- B. / 63- B. / 64- A. / 65- B. / 66- B. / 67- B. / 68- C. / 69- A. / 70- B. / 71- B. / 72- B. / 73- A. / 74- A. / 75- B. / 76- A. / 77- C. / 78- B. / 79- B. / 80- C.

3

Le livre blanc du malaise des policiers (Association MPC)

Préambule

Le 8 octobre 2016, des policiers de Viry-Châtillon étaient gravement blessés dans une très grave agression commise avec des cocktails Molotov par des individus dont l'objectif était clairement de les assassiner. Sous l'émotion, quelques jours après, quelques dizaines de policiers, en province et à Paris, manifestaient leur colère et leur désarroi, en tenue et avec des véhicules de service.

Le directeur général de la police nationale, M. Jean-Marc Falcone, fustigeait alors publiquement ces fonctionnaires sortis de leur devoir de réserve, indiquait que des sanctions seraient prises et saisissait l'Inspection générale de la police nationale. Cette déclaration allait mettre le feu aux poudres d'une police parvenue à bout de patience.

Partout en France, des mouvements de protestation similaires étaient organisés. Des rassemblements, en tenue ou en civil, parfois suivis de défilés, rassemblaient des centaines de collègues. Au travers des réseaux sociaux, de très nombreux services de police, toutes directions confondues, montraient leur solidarité par la publication de photographies de groupes de policiers, dos tournés.

Dans la rue, mais toujours avec retenue, ces policiers clamaient leur mal-être, et dénonçaient pêle-mêle leurs conditions de travail, l'insécurité physique et juridique dans laquelle ils exercent leur métier, le manque de moyens ou la vétusté de ces moyens, la politique du chiffre, et l'alourdissement toujours croissant de la procédure pénale, vécu comme au bénéfice des auteurs et au préjudice des victimes.

Mais surtout, ces mêmes policiers, en bloc, se désolidarisaient des syndicats de police, à leurs yeux trop proches de la hiérarchie et trop enclins à de multiples compromissions.

Le 19 octobre, le ministre de l'Intérieur recevait en urgence ces mêmes syndicats auxquels il annonçait un ensemble de mesures, dont on se rendait compte qu'il s'agissait pour la plupart de mesures déjà prévues par le « Protocole pour la valorisation des carrières, des compétences et des métiers de la police nationale » d'avril 2016. Il annonçait également le déblocage de 250 millions d'euros en urgence (ce financement annoncé allait rapidement être invalidé par la commission des finances du Sénat). Enfin, alors même que les policiers clamaient leur défiance de leur hiérarchie et des syndicats, il annonçait la tenue de réunions départementales sous l'égide de cette même hiérarchie et avec ces mêmes syndicats.

Loin de s'affaiblir, le mouvement policier allait, *via* les réseaux sociaux, s'amplifier et s'organiser au fil des semaines. Malgré les pressions locales, malgré les menaces de sanctions, les rassemblements perduraient, des collectifs locaux se créaient et se structuraient sous forme d'associations : une association nationale, MPC (Mobilisation des policiers en colère) était créée et avec elle nombre d'antennes locales, des CLIP (Collectifs libres et indépendants de la police), créés sur l'exemple d'une association de policiers du même nom ayant vu le jour à Lyon en 2012, voyaient le jour dans de nombreux départements, avec pour but de se fédérer progressivement, ainsi que quelques autres collectifs locaux, tous ayant cependant les mêmes motivations et affichant une volonté, à terme, de se fédérer sous une forme encore non définie.

Afin de retenir l'attention d'une administration au mieux indifférente, quelquefois hostile, les policiers adoptaient, dans un grand nombre de services, la politique du « service minimum », assurant bien évidemment les interventions urgentes et la sécurité des biens et des personnes, mais diminuant de façon drastique les verbalisations et interventions ordinaires. Ulcérés par les contraintes toujours plus fortes de la procédure pénale, des centaines d'OPJ déposaient auprès de leurs parquets généraux leur demande de retrait d'habilitation, suscitant l'inquiétude des magistrats.

Les 3 et 13 décembre, des rassemblements et manifestations étaient organisés à Paris et dans la plupart des grandes villes de France. Souvent médiatisés, ils démontraient tant au public qu'à l'administration la persistance et la vigueur du mouvement de protestation.

Le 7 janvier 2017, réunis à Lyon, les différents collectifs de policiers décidaient de coordonner leurs actions sous la forme d'une union historique : l'Union nationale des policiers indépendants (UPNI) était née.

Cette « fronde » policière, soutenue par 91 % de la population, est totalement inédite dans la police moderne.

Les événements dramatiques qui allaient suivre (affaire Théo, multiples cas de violences faites à des policiers, assassinat de Xavier Jugelé) n'ont fait qu'augmenter le malaise de policiers confrontés à la haine et à la violence, alors même que s'amorce une réforme des cycles horaires qui va fortement impacter leur vie professionnelle et privée.

Au-delà des différentes revendications, le malaise exprimé par les policiers et la méfiance vis-à-vis de leur hiérarchie et de leurs syndicats sont autant de signes forts d'une exaspération qui ne saurait être calmée par de vagues promesses ou des menaces de sanctions. Il nécessite une remise à plat complète du système policier au travers de l'organisation d'états généraux de la police réunissant l'ensemble des interlocuteurs du métier, dont les représentants des collectifs de « policiers en colère ».

Un malaise dont les origines ne datent pas d'hier

Le mal-être policier n'est pourtant ni récent ni ignoré du ministère.

Le baromètre social de la police nationale

En 2014, convaincu que les instances syndicales présentaient un tableau noirci du « moral des troupes », le ministère de l'Intérieur chargeait la Direction des ressources et des compétences de la police nationale d'effectuer une grande enquête auprès des policiers. Sans appel, le résultat de cette enquête mettait en évidence, malgré un amour du métier toujours présent, un malaise au sein de la police (94,3 %) et un mauvais climat social (81,8 %). Elle mettait aussi en évidence un sentiment de relations dégradées avec la population (64 %) et des conditions matérielles insatisfaisantes (72,9 %). Peu ravis des possibilités d'avancement qui leur sont offertes

(83,6 %), les policiers (hors corps de conception et de direction) y affichaient une motivation en nette baisse (68,5 % pour le corps d'encadrement et d'application).

Plus encore, les policiers du corps d'encadrement et d'application, qui constituent l'ossature principale de la police nationale, s'y déclaraient stressés, irritables et fatigués, et considéraient comme médiocre leur qualité de vie.

Très révélatrice, cette étude n'a pourtant été que peu diffusée et n'a pas, faute de moyens, amené de suites concrètes.

Les suicides dans la police nationale

Si les suicides sont toujours douloureusement vécus par une profession, c'est d'autant plus vrai dans la police ou dans la gendarmerie, tant la solidarité et l'esprit de corps y sont importants. La triste actualité de ce début d'année ne nous le rappelle que trop.

Avec 40 à 55 suicides par an chez les policiers, la France est tristement au troisième rang des nations occidentales. Entre 2004 et 2015, ce ne sont pas moins de 533 policiers qui se sont ainsi donné la mort.

Déjà en 1997, un article du *Monde* évoquait le problème des policiers choisissant d'en finir face au harcèlement hiérarchique ou à la pression constante de leur travail.

Certes, de multiples facteurs entrent en ligne de compte dans les suicides, mais l'argument avancé pudiquement de façon systématique de « problèmes personnels » ne saurait être satisfaisant.

Même si un « plan anti-suicide » a été lancé en 2015 par le ministère de l'Intérieur, l'absence de remise en cause des causes essentielles que sont la pression hiérarchique et l'alourdissement constant des missions le voue à une efficacité limitée.

La lassitude de l'état d'urgence

La mise en œuvre des divers plans Vigipirate, de l'état d'urgence, de l'opération Sentinelle, a conduit les forces de l'ordre à assurer avec les mêmes moyens plus de missions et plus longtemps. Suremployés, les policiers ont accompli ces missions avec le sens du devoir qui les caractérise et la conscience qu'ils sont le dernier rempart des citoyens contre le terrorisme.

Mais quel que soit le dévouement dont on fait preuve, le stress et la fatigue finissent par prendre le dessus et c'est ainsi par exemple qu'on a vu, chose inédite, plusieurs compagnies de CRS en arrêt maladie « collectif » à titre de protestation.

Ce mouvement d'humeur, survenu parmi l'une des catégories de policiers les plus exposées, était révélateur d'un malaise général de la police et précurseur des mouvements que l'on connaît depuis octobre 2016. Il n'a pourtant pas été reconnu comme tel.

La révision générale des politiques publiques

Lancée en 2006, la loi organique relative aux lois de finance instaurait une nouvelle procédure budgétaire. Elle introduisait notamment une logique de performance budgétaire.

Dans ce cadre, mise en œuvre dans la police en 2008, et remplacée en 2012 par la MAP (Modernisation de l'action publique), la Révision générale des politiques publiques (RGPP) a eu pour but d'adapter les services de sécurité aux besoins de la population, de valoriser le travail et la disponibilité de ces services et de baisser les dépenses publiques. Elle allait engendrer le rapprochement entre la police et la gendarmerie, dont la mutualisation des moyens était censée dégager d'importants crédits de fonctionnement.

Malheureusement, seul le volet « baisse des dépenses publiques » allait pouvoir être tenu, et les ambitieuses réformes envisagées pour améliorer le fonctionnement de la police et de la gendarmerie et le déroulement de carrière des policiers et des gendarmes allaient vite se heurter aux douloureuses contraintes budgétaires.

Ainsi en 2011, M. Frédéric Péchenard, alors directeur général de la police nationale, déclarait-il à la commission des finances de l'Assemblée nationale : « La nécessité de maintenir la capacité opérationnelle de la police a conduit à une baisse de l'investissement logistique, technologique et immobilier. Mais cette situation n'est pas durable. »

Dans le même temps et devant la même commission, le général Jacques Mignaux, directeur général de la gendarmerie nationale, déclarait : « Concrètement, je ne suis pas en capacité de lancer de grand programme immobilier alors que le parc domanial vieillit, ni de procéder au renouvellement naturel des véhicules dont l'âge moyen est de 6 ans. De même, le renouvellement et la mise à niveau du parc informatique prennent du retard [...]. En définitive, si les perspectives budgétaires ne s'améliorent pas, la baisse de mon budget d'investissement constituera ma principale préoccupation. »

Les coupes budgétaires, durement ressenties par l'ensemble de la profession, n'ont pas permis de valoriser les efforts consentis par les policiers qui, au contraire, ont vu leurs conditions de travail se dégrader, leur salaire stagner et leur évolution de carrière ralentir.

L'indemnité de responsabilité et de performance (IRP), ou la politique du chiffre

Instaurée en 2010 au bénéfice du corps des commissaires de police et de certains chefs de services « difficiles », postes dont la liste est fixée par arrêté ministériel, l'indemnité de responsabilité et de performance a pour vocation de se substituer et de valoriser l'ancienne allocation de service.

La part variable de cette indemnité, dite de « performance », pouvant se chiffrer en dizaines de milliers d'euros dans certains cas, et dont les conditions d'évaluation et d'attribution sont nébuleuses, est pudiquement entourée d'un épais mystère qui entretient tous les fantasmes.

Dans le même temps, moins de 20 % des autres policiers se voient attribuer une prime annuelle censée être liée à des résultats exceptionnels, mais qui la plupart du temps est distribuée de façon « tournante » entre les fonctionnaires d'un service, pour tenter de contenter tout le monde, la vidant ainsi de son sens premier.

Les policiers « de base » sont poussés par leur hiérarchie à constamment augmenter leur activité et leur efficacité dans tous les domaines, afin d'améliorer les statistiques de leur service, y compris lorsque ces indicateurs statistiques n'ont pas d'incidence directe sur l'efficacité de l'enquête ou le service rendu à la population. Par exemple, alors même que le code de procédure pénale indique clairement que la garde à vue est une mesure relevant uniquement de la décision de l'officier de police judiciaire ou du procureur de la République, nombre de chefs de service pressent leurs OPJ de prendre systématiquement ce type de mesure, y compris quand elles n'ont aucun intérêt particulier pour l'enquête, et ce uniquement parce que cela gonfle la case « GAV » du tableau.

Le lien entre statistiques et performance est bien réel. Dans son rapport général 2016 sur les moyens des politiques publiques fait à la commission des finances du Sénat, M. Albéric de Montgolfier écrit : « Le dispositif de performance repose sur les données statistiques de l'état 4001 [1]. »

Malgré ça, la plupart des directeurs et chefs de service affirmeront qu'il n'y a pas de course aux statistiques, et que ces dernières ne sont que des indicateurs permettant de mesurer l'efficacité des services. Mais comment éviter que soit faite une corrélation entre la pression constante exercée sur les fonctionnaires et les primes au résultat touchées par leur haute hiérarchie ?

Des outils bureautiques défaillants

LRPPN : Dans la plupart des services et notamment les services d'enquête, la rédaction des procédures judiciaires et des actes administratifs, de plus en plus nombreux, se fait sur le logiciel LRPPN3 (Logiciel de rédaction de procédure de la police nationale), venu remplacer en 2013 le LRP, logiciel sous DOS et de conception ancienne mais fiable et parfaitement maîtrisé par tous. Oui mais voilà le LRP était un logiciel de procédure adapté aux statistiques. Le LRRPN, c'est, à l'inverse, un logiciel statistique adapté

---

1. Fichier relevant les crimes ou délits constatés par les services de police, par la gendarmerie et par la préfecture de police de Paris – faits découverts par ces ces services ou portés à leur connaissance. L'État 4001 concerne exclusivement les faits faisant l'objet d'une procédure judiciaire transmise au parquet – à la suite d'une plainte ou d'une enquête de police pour les faits les plus graves. (N.d.A.)

(plus ou moins bien) à la rédaction de procédure. Là où le premier reposait sur une structure locale fiable, le second dépend d'une liaison constante avec des serveurs externes, avec tous les aléas liés à des liaisons informatiques très souvent dépassées. Alors que les rares « plantages » du premier étaient rapidement résolus par un correspondant local, la plupart des nombreux « bugs » du second ont nécessité la mise en place d'une importante plate-forme téléphonique d'assistance, parfois elle aussi dépassée.

Rigide, fermé, le logiciel peine à s'adapter à une procédure pénale toujours plus lourde.

Il y a peu de chance qu'on connaisse un jour le coût total de ce logiciel devenu le plus détesté de la police. Devant les récriminations unanimes et la levée de boucliers de toutes parts, l'administration a lancé l'étude d'un nouveau logiciel, LRRPN4, dont les grandes lignes ne sont pas encore connues.

Dans le même temps, les gendarmes bénéficiaient de la mise en place du logiciel LRPGN, semblant donner toute satisfaction à ses utilisateurs. Vous avez dit mutualisation des moyens ?

PNIJ : Autre projet pharaonique, la plate-forme nationale des interceptions judiciaires se veut un outil performant à destination des services d'enquête pour les investigations liées à la téléphonie. Confié à la société Thalès sous le contrôle du ministère de la Justice, le projet connaît d'importantes défaillances qui ont amené à la perte de données d'interception ou des erreurs d'authentification, etc. À tel point que certains services spécialisés ont décidé, tant que la plate-forme ne serait pas fiabilisée, de continuer d'utiliser les services de sociétés privées.

NMCI : La nouvelle main courante informatisée est au cœur de l'ensemble des activités de la police et notamment de la sécurité publique. Elle permet d'enregistrer les événements ayant motivé une intervention de police, les déclarations du public, l'activité et l'emploi du temps des fonctionnaires. En cela, et malgré une utilité qui n'est pas contestée, il s'agit d'une usine à gaz dont l'usage, complexe, est de plus chronophage. Là encore, il s'agit avant tout d'un logiciel statistique destiné essentiellement à quantifier et optimiser l'activité des personnels. Dans son « Étude sur l'usage de la MCI en sécurité publique », Frédéric Ocqueteau, du Centre de recherches sociologiques sur le droit et les institutions pénales, pointe la lourdeur du procès de capitalisation des informations recueillies. Cette lourdeur, la multiplicité des rubriques à remplir y compris pour les emplois les plus courants ou basiques, font qu'au final le « remplissage » de la main courante est devenu une activité quelquefois plus contraignante que les interventions elles-mêmes. De plus, elle-même « externalisée », elle subit les mêmes aléas que le LRPPN, avec un temps de latence dans les réponses qui nuit à l'efficacité des recherches.

Une défiance envers les syndicats

Alors que le taux de syndicalisation en France n'a cessé de baisser depuis 1949, pour se situer aux alentours de 11,2 % aujourd'hui, très loin de la moyenne européenne de 23 %, les policiers affichent pour leur part un taux record de syndicalisation de 49 % !

Les syndicats de police seraient-ils mieux à même de défendre les intérêts de leurs adhérents ? Pas vraiment, selon ces mêmes adhérents.

L'implication croissante des syndicats de police dans les évolutions de carrière et dans les mutations est telle que, à tort ou à raison, la plupart des policiers pensent que l'adhésion à un syndicat est une condition *sine qua non* pour favoriser son évolution de carrière. Mais cette prépondérance du pouvoir syndical sur les carrières, le financement nébuleux des organisations syndicales, le ressenti, justifié ou non, que ces dernières favorisaient en priorité l'avancement de leurs cadres et les divers « reclassements » de dirigeants syndicaux dans des emplois administratifs bien placés ont nourri la méfiance grandissante des policiers envers leurs syndicats.

Les « facilités de service » accordées aux représentants syndicaux contribuent également à entretenir la méfiance. Une note de la Cour des comptes du 3 février 2015 déplore que les « décharges d'activité de service » et les « autorisations spéciales d'absence » soient particulièrement mal contrôlées, et relève que plus de 600 représentants syndicaux cumulent tant des deux qu'ils ne sont jamais présents dans leur service ! Le coût de ces « facilités », chiffré à plus de 54 millions d'euros par an par la Cour des comptes, n'est pourtant pas négligeable…

Depuis le début du mouvement des policiers, les organisations syndicales clament que la plupart des revendications faites par les collègues dans la rue sont celles qu'ils défendent depuis des années. C'est déjà en soi un grand aveu d'impuissance que beaucoup de policiers, à tort ou à raison, attribuent pour partie à des compromissions syndicales vis-à-vis de l'administration.

Enfin, en cette période d'élection, on a même vu des leaders syndicaux donner clairement des consignes de vote, foulant au pied les principes fondateurs de la Charte d'Amiens, du 13 octobre 1906, proclamant l'indépendance des syndicats vis-à-vis des partis et des sectes.

Alors si l'existence et l'utilité d'organisations syndicales policières ne semblent pas devoir être remises en cause, il apparaît nécessaire de remettre en perspective leur système de financement et leurs attributions en matière d'évolution de carrière.

Les violences envers les policiers

Relativement stables jusqu'en 2012, les chiffres des violences faites aux policiers sont en inflation constante depuis 2013.

En 2015, 6 policiers ont été tués dans l'exercice de leur fonction ; 12 388 ont été blessés, soit 1 032 par mois. Selon une étude de l'Observatoire national de la délinquance et des réponses pénales, les chiffres enregistrés pour 2016 montrent une tendance en hausse de 14 %.

Les facteurs de cette évolution sont multiples, et variables en fonction du type de violences.

Les outrages et les violences liés aux interpellations ont principalement pour racine le déclin du respect de l'autorité de l'État, et donc de ses représentants. Fréquentes, ces agressions sont pour la plupart spontanées et non préméditées. Elles font depuis longtemps le quotidien d'un policier de terrain. À défaut de les prévenir, une réponse pénale plus adaptée pourrait permettre de les diminuer en écartant de la société les individus les plus récidivistes.

Plus graves sont les violences commises par des individus quelquefois armés et voulant protéger leur fuite, ou utilisant leur véhicule pour éviter à tout prix un contrôle, quitte à occasionner de graves blessures ou pire aux fonctionnaires qui tentent de les interpeller. S'il n'est pas évident d'en maîtriser les causes, l'augmentation des effectifs sur le terrain, leur meilleure formation et un équipement plus approprié assureraient une plus grande sécurité des interventions.

Cependant, on assiste depuis quelques années à une forme nettement plus aiguë de violences aux policiers, dont le seul but est de porter atteinte à l'intégrité physique des fonctionnaires. Préparées, exécutées par de petits groupes mobiles, elles exposent les policiers à des tactiques de guérilla urbaine auxquelles ils ne sont pas préparés et, la plupart du temps, pas équipés. Survenant pour la plupart dans des quartiers « sensibles » où les différents trafics règnent en maître, elles sont le pendant d'un rejet total des institutions qui se matérialise aux dépens de leurs représentants que sont les policiers.

Là encore, les réponses à cette criminalité sont multiples. Elles passent à la fois par une adaptation des moyens humains et matériels, par une répression accrue pour les auteurs identifiés et par le rétablissement des liens entre la population et les différents services de l'État, dont la police.

Considération, image et respect

L'une des constatations les plus flagrantes du bilan social effectué en 2014 auprès des policiers, c'est que ces derniers ont soif de la considération et du respect des citoyens auprès desquels ils exercent leur mission.

En 2016 selon un sondage BVA du 17 juin, 86 % des Français ont une bonne image de leur police. Même s'il est placé dans un contexte post-attentats, ce chiffre est pour le moins inattendu. Mieux encore, malgré la pression médiatique prompte à dénoncer des « bavures » policières, l'usage de la force par la police lors des récentes manifestations contre la loi Travail est jugé insuffisant (!) par 35 % des sondés et adapté par 45 %, quand seulement 21 % le jugent excessif.

Malgré ça, seuls 2 % des policiers pensent que leurs relations avec la population se sont améliorées, quand 64 % estiment qu'elles se sont dégradées.

Si les causes « externes » à ce sentiment sont pour la plupart aisément identifiables (mise en cause systématique, « buzz » médiatique fréquent, sentiment d'être mal considérés par les magistrats), il existe des causes internes tout aussi importantes, au premier rang desquelles on note souvent un management complètement dépassé.

Inondé d'instructions diverses et soumis à la pression statistique, le policier se sent déresponsabilisé. Les interdictions qui lui sont faites (pas de prise en chasse, éviter certaines zones ou certains types de contrôle pour ne pas créer de « vague », etc.) sont autant de freins à la mission qui est la sienne : protéger les personnes et les biens, interpeller et traduire devant la justice les auteurs d'infractions.

Le code de déontologie de la police nationale et de la gendarmerie nationale, si facilement brandi par la hiérarchie lorsqu'il s'agit de fustiger des comportements inappropriés, indique pourtant, en son article R. 434-6, que « le supérieur hiérarchique veille en permanence à la préservation de l'intégrité physique de ses subordonnés. Il veille aussi à leur santé physique et mentale. Il s'assure de la bonne condition de ses subordonnés. » Le fossé qui semble s'être creusé au fil des ans entre le policier de terrain et sa hiérarchie sommitale dégrade une confiance pourtant indispensable et conduit la plupart des policiers du CEA à estimer que leur sécurité et leur bien-être ne sont pas les objectifs prioritaires de cette même hiérarchie.

Le policier face à la justice

Le policier mis en cause

Représentant de l'État, garant de l'ordre et de la sécurité publique, le fonctionnaire de police se doit d'être un modèle vis-à-vis de la population. Déjà présente à l'engagement chez la plupart, cette notion d'exemplarité est intégrée à leur formation et rappelée par différents articles du code de déontologie qui s'applique à la profession et dont la dernière version en date est entrée en vigueur le 1er janvier 2014.

Du fait de sa qualité de personne dépositaire de l'autorité publique, les infractions commises par un fonctionnaire de police voient leurs sanctions pénales alourdies.

De même, le fonctionnaire de police auteur d'infraction est passible de conseil de discipline avec des sanctions administratives pouvant aller jusqu'à la révocation. C'est ce qu'on appelle communément la double (ou triple) peine.

Néanmoins, l'essence même du travail du policier de terrain l'expose constamment à des situations où il peut être amené, à tort ou à raison, à être mis en cause. Il est désormais commun de voir, à peine une intervention de police terminée, des enregistrements vidéo, pris avec des téléphones, mis en ligne sur le net de façon souvent tronquée ou orientée, pour accuser les policiers. Cette médiatisation immédiate, associée à l'impossibilité pour les policiers d'y répondre, crée un « buzz » qui exerce une pression et nuit volontairement à la sérénité et à l'objectivité d'une éventuelle enquête.

L'affaire Théo, du nom de ce jeune homme accusant des policiers de l'avoir volontairement violé lors d'une interpellation courant février, est l'exemple type de l'événement qui, alors même que l'enquête est à peine commencée, déchaîne contre les forces de l'ordre l'ire d'une partie de la population, des propos pour le moins prématurés de la part de responsables politiques ou du monde du spectacle, et des torrents de messages de haine sur les réseaux sociaux.

Parallèlement, lorsqu'il est mis en cause et alors même que sa responsabilité n'est pas encore établie, le policier se voit souvent infliger des mesures de coercition (menottage, garde à vue) déjà vexatoires pour le commun des mortels mais particulièrement humiliantes du fait de sa profession.

Ce sentiment d'être exposé à une mise en cause systématique, en contraignant le policier à moduler son intervention non pas sur son efficacité mais sur les conséquences qui pourraient en découler, pèse sur l'ensemble des actions de police, nuit à leur accomplissement et au final à la protection des biens et des personnes. Il est aussi un facteur de stress important.

En parallèle des sanctions aggravées auxquelles ils sont exposés, les policiers demandent que leur soit appliquée une présomption d'innocence « renforcée ». De même, il n'est pas admissible que des sanctions administratives parfois très lourdes puissent être rendues alors même qu'aucun jugement pénal définitif n'a été rendu.

Par ailleurs l'équipement des policiers en caméras portables, validé dans différents pays et en phase d'expérimentation dans certains services, semble apporter des résultats probants en cela qu'il dote les fonctionnaires d'un moyen de preuve lorsqu'ils sont mis en cause et que la présence même de cette caméra, visible, semble globalement faire baisser l'agressivité et les incivilités auxquelles ils sont exposés. Si cela se confirme, cette mesure doit rapidement être étendue à tous.

Le policier victime

On l'a vu, le travail du policier l'expose constamment à des situations dans lesquelles il peut être insulté, blessé ou pire, et donc à se trouver plus souvent au banc des victimes que les autres citoyens.

À ce titre, il bénéficie de par la loi d'une aggravation des peines encourues par les auteurs d'infractions à son encontre. Il bénéficie aussi, en principe, de l'assistance juridique de son administration. En principe, parce que dans la pratique si cette assistance juridique est souvent mise en œuvre lorsque le policier est mis en cause, elle est beaucoup moins fréquente lorsqu'il est victime, et notamment victime des infractions les plus communes auxquelles l'expose son métier (outrage, rébellion, violences).

Loin d'afficher la rigueur prévue par la loi envers les auteurs d'infractions à l'encontre de policiers, certaines juridictions considèrent même ouvertement que la multiplication des plaintes (et des demandes de dommages et intérêts) de la part des policiers constitue pour ces derniers une source de revenus ! Autrement dit : faites-vous injurier, cracher dessus, frapper ou blesser, mais n'en demandez pas réparation sous peine de passer pour un profiteur…

Prévue à l'article R. 434-7 du code de déontologie de la police nationale et de la gendarmerie nationale, l'assistance juridique, si facilement accordée aux mis en cause, doit bénéficier avec la même vigueur aux policiers victimes. Les sanctions envers les auteurs d'infractions à l'encontre de policiers doivent être alourdies, notamment pour les récidivistes, y compris pourquoi pas par l'instauration de peines planchers.

Le projet de loi C26 présenté par M. le ministre de l'Intérieur, examiné le 21 décembre en Conseil des ministres et débattu récemment à l'Assemblée nationale, propose d'aligner les peines encourues pour les outrages à agents de la force publique sur celles encourues pour les outrages à magistrat. C'est un premier pas. Mais encore faut-il que ces peines soient appliquées, et là c'est une autre histoire...

Effectifs et moyens humains

Le calcul des effectifs de la police nationale relève d'une arithmétique compliquée et de statistiques parfois absconses. On peut cependant, en recoupant les sources, dégager quelques grandes lignes.

Avec environ 144 000 policiers et 98 000 gendarmes, soit 287 pour 100 000 habitants, la France figure dans la moyenne basse de l'Europe, derrière l'Allemagne (298/100 000) et loin derrière l'Espagne (500/100 000).

Alors que la réforme des corps et carrières de 2004 fixait un objectif de 108 000 gardiens et gradés sur un total d'environ 143 000 fonctionnaires, on assistait entre 2005 et 2008 à une stabilisation de ce corps, culminant à 105 475 fonctionnaires en 2007. Dès lors, l'application de la RGPP engendrait une baisse spectaculaire des effectifs pour atteindre 99 662 membres en 2012. Même si la RGPP, changement de gouvernement oblige, était abandonnée en 2012, ses effets se faisaient encore sentir en 2013 (99 415). À partir de 2013, on notait une légère augmentation des effectifs de ce corps, passés à 100 321.

En ce qui le concerne, le corps des adjoints de sécurité, en baisse constante jusqu'en 2009, retrouvait peu ou prou en 2011 son niveau de 2007 (12 340).

La volonté manifestée par le gouvernement actuel d'augmenter ces effectifs par un recrutement de 10 000 fonctionnaires s'est heurtée aux deux écueils principaux que sont la budgétisation de ces postes et les places en école, nombre d'écoles de police ayant été fermées sous la RGPP.

Dans le même temps, en raison notamment des menaces terroristes pesant sur le pays, les missions dévolues aux policiers ont considérablement augmenté, et la dangerosité de ces missions s'est elle aussi accrue.

Effectifs en baisse et missions en hausse, c'est la quadrature du cercle à laquelle est confronté l'encadrement. C'est ainsi que l'on voit régulièrement des équipages de deux fonctionnaires, voire un seul, des chefs de poste seuls dans des services où se trouvent pourtant des gardés à vue, des équipages panachés (titulaires, stagiaires, adjoints de sécurité) de façon contraire au règlement, et toute une kyrielle de situations potentiellement dangereuses du fait de l'étirement de l'emploi des fonctionnaires. Si dans les grandes agglomérations un équipage peut espérer obtenir rapidement de l'assistance en cas de besoin, il n'est pas rare en province, notamment la nuit, qu'un seul véhicule patrouille sur des secteurs géographiquement très étendus.

Le policier sur le terrain n'est pas substituable. L'augmentation des effectifs doit donc impérativement être poursuivie et accentuée.

Réforme des cycles horaires

La directive européenne 2003/88/CE impose un repos journalier de 11 heures consécutives et un repos hebdomadaire de 24 heures tous les 7 jours. Si les forces de sécurité ont longtemps bénéficié d'une dérogation, il était inévitable que sa portée en soit un jour limitée, restreignant cette dérogation à certaines missions particulières. Confrontée à une situation de précontentieux avec la Cour de justice européenne, l'administration n'a pas eu d'autre choix que de réfléchir à une modification des cycles de travail qui répondrait à cette directive.

Plusieurs nouveaux cycles ont été ainsi proposés et mis en test dans différents services : 4/2 « compressé », « vendredi fort » et 3/2 « rénové ». Chaque proposition ayant ses avantages et ses inconvénients, il ne nous appartient pas d'en juger ici.

En théorie, des concertations doivent avoir lieu dans chaque service pour déterminer le cycle mis en place. En théorie seulement. En fait, il existe une différence subtile entre ces différentes propositions, celle des effectifs nécessaires pour le service général. Or le « vendredi fort », plébiscité par nombre de collègues, nécessite pour fonctionner plus de fonctionnaires que les autres cycles. D'où les réticences des chefs de services, plus naturellement enclins à vouloir appliquer le 4/2 « compressé », moins « coûteux » en fonctionnaires mais plus fatigant.

Devant la grogne générale et par note du directeur général de la police nationale, la réforme des cycles horaires a été reportée en mars 2017 pour une mise en application courant juillet 2017, puis début septembre 2017 soit, parlons sans fard, après les élections. Et pourtant, de multiples chefs de service, après une concertation de pure forme ou inexistante, et passant outre le souhait exprimé massivement par les fonctionnaires sous leur autorité, ont d'ores et déjà imposé le cycle le moins coûteux en personnel… mais aussi hélas celui ayant les conséquences les plus négatives sur la vie des policiers.

Le volet social

Les comparaisons faites entre la fonction publique et le secteur privé, souvent destinées à établir combien les fonctionnaires sont des nantis, font volontiers l'impasse sur des points pourtant importants.

Forte de plus de 144 000 membres, la police nationale ne possède pas de comité d'entreprise ou système assimilé. Ses membres ne bénéficient d'aucun des avantages que de telles structures apportent à d'autres entreprises, d'État ou privées.

Il n'y a pas de treizième mois dans la police nationale. Il n'y a pas non plus de Ticket Restaurant.

La prise en charge des mutuelles, imposée aux entreprises du secteur privé, ne s'applique pas à la fonction publique

Les moyens matériels

Conséquence naturelle et inévitable des réductions budgétaires, les crédits de fonctionnement prennent le pas sur les crédits d'investissement.

On l'a vu précédemment, la situation n'est pas nouvelle puisqu'en 2011 les directeurs généraux de la police nationale et de la gendarmerie nationale affirmaient devant la commission des finances de l'Assemblée nationale qu'ils n'avaient plus les moyens financiers de conduire les travaux de modernisation de leurs directions respectives.

Même si tout policier est conscient des contraintes financières qui pèsent sur l'État, il n'en reste pas moins que la sécurité publique est une mission de la plus haute importance pour nos concitoyens et que l'État doit absolument faire les efforts financiers nécessaires pour que les policiers puissent correctement assurer la sécurité de leurs concitoyens dans des conditions et avec du matériel qui leur permettent d'être plus efficaces et moins exposés eux-mêmes.

Nous pourrions produire d'innombrables témoignages de locaux vétustes voire insalubres, de matériels désuets, à bout de souffle ou hors d'usage, le tout dans l'indifférence générale.

Déployé depuis 1994, le système radio Acropol est désormais dépassé et peu fiable. Ses dysfonctionnements et sa qualité de transmission médiocre nuisent à la qualité et à la sécurité des interventions. À l'heure où l'État vend d'occasion ses systèmes radio à des pays étrangers, il convient de doter la police de moyens radio performants et fiables, permettant en outre un accès rapide aux différents fichiers de police.

Malgré les investissements consentis, le parc automobile de la police reste pour l'essentiel âgé et d'état moyen. Certains véhicules affichent un kilométrage indécent, des portières qui ne ferment pas, des sièges défoncés ou même des trous dans le plancher ! Là encore de nombreux témoignages venus de toute la France abondent dans ce sens.

Mais plus encore que l'état des véhicules, c'est leur inadaptation aux missions de police qui pose problème. Les Renault Kangoo et autres Peugeot Expert ne font pas, et de loin, l'unanimité parmi les policiers de terrain. Le renouvellement des véhicules ne doit pas relever que d'une logique économique mais prendre en compte, par une étude préalable, les réels besoins des fonctionnaires amenés à les utiliser.

En toute hâte, des moyens de protection ont été distribués. C'est ainsi que nombre de véhicules se sont vus équiper de… couvertures antifeu et de trousses de premier secours. Dans la précipitation, certains chefs de service ont imposé à leurs effectifs de brigade anti-criminalité de se munir de façon permanente d'un tel nombre de matériels que le coffre de leur véhicule ne peut les contenir…

Les équipements de sécurité, et en particulier les gilets de protection balistique, souvent âgés, doivent faire l'objet d'une attention particulière et d'une mise à niveau vers des matériels plus performants. La formation doit être améliorée.

Les tâches indues

C'est également un vieux serpent de mer.

Depuis longtemps, la disponibilité et le professionnalisme des policiers les ont conduits à être parfois affectés à des tâches qui s'éloignent de leur cœur de métier. Gardes statiques, protection de lieux de cultes ou d'établissements scolaires religieux, transfert de détenus, gardes en hôpital… la liste est longue et grève d'autant la disponibilité des policiers sur la voie publique.

L'administration est semble-t-il consciente du problème, mais sa solution n'est pas simple. En effet ces charges indues pallient souvent les carences d'autres administrations et leur transfert aux administrations concernées mettrait ces dernières elles-mêmes en difficulté.

Ainsi, le transfert de détenus auquel étaient dévolus près de 1 200 policiers a-t-il été, à partir de 2010, remis à la charge de l'administration pénitentiaire. Mais avec seulement 800 agents pénitentiaires affectés à cette tâche, le système se grippe fréquemment et occasionne nombre de « couacs » judiciaires.

Deux circulaires récentes du directeur central de la sécurité publique visent à remplacer les gardes statiques des lieux de culte et autres sites à caractère confessionnel par des patrouilles dynamiques et à limiter au maximum l'implication des personnels de police dans la sécurisation des audiences ou les « gardes de dépôt ».

La prise de conscience semble réelle et les efforts tangibles. Ils doivent être intensifiés et pérennisés.

La légitime défense

Contrairement aux gendarmes qui bénéficient des dispositions particulières de l'article L2238-3 du code de la défense, les conditions applicables à la légitime défense des fonctionnaires de police dans l'exercice de leurs fonctions sont celles applicables au citoyen lambda, prévues à l'article 122-5 du Code pénal : n'est pas pénalement responsable la personne qui, devant une atteinte injustifiée envers elle-même ou autrui, accomplit, dans le même temps, un acte commandé par la nécessité de la légitime défense d'elle-même ou d'autrui, sauf s'il y a disproportion entre les moyens de défense employés et la gravité de l'atteinte.

La loi est elle-même encadrée par les dispositions de la Convention européenne des droits de l'homme, qui met en avant le concept « d'absolue nécessité » et pour laquelle l'usage de l'arme doit rester le recours ultime.

Systématiquement mis en cause quand il utilise son arme de service, le policier doit apporter la preuve de l'état de légitime défense. Dans ces circonstances, il fait aussi souvent l'objet de mesures graves (suspensions avec ou sans solde) ou extrêmement vexatoires pour un policier (garde à vue, entraves).

De plus, les notions de proportionnalité entre l'atteinte et la défense, d'immédiateté de cette défense et d'absolue nécessité sont souvent vues par les juridictions pénales avec un œil bien différent de celui du policier de terrain.

Toutes ces notions sont ancrées dans l'esprit des policiers, au risque de freiner ou d'inhiber l'usage de l'arme alors même qu'il serait parfaitement justifié. Même s'il convient d'être prudent, le cas des policiers sauvagement attaqués à coup de cocktails Molotov à Viry-Châtillon et qui n'ont pas fait usage de leur arme alors même qu'ils étaient exposés à une agression mortelle, semble pour beaucoup très révélateur de cet état d'esprit.

Pourtant, d'aucuns, y compris dans la hiérarchie sommitale de la police nationale, ne sont pas favorables à une évolution des conditions de la légitime défense, estimant que les textes actuels sont adaptés et suffisants. En 2012, Claude Guéant s'était opposé à l'application d'une « présomption d'innocence renforcée », estimant qu'elle revenait à distribuer aux policiers un « permis de tirer ».

Or les policiers ne réclament évidemment pas de « permis de tuer ». Ils souhaitent pouvoir utiliser leur arme, pour leur défense ou celle d'autrui, dans des conditions légales adaptées à leurs missions, et bénéficier d'une « présomption d'innocence » lorsqu'ils sont contraints à le faire.

La loi du 3 juin 2016 a introduit une légère évolution dans la légitime défense, en ce qu'elle a autorisé l'usage de l'arme pour empêcher la réitération, dans un temps rapproché, d'un ou plusieurs meurtres ou tentatives venant d'être commis, et lorsque l'agent a des raisons réelles et objectives d'estimer que cette réitération est probable. Si on traduit, on peut tirer sur un terroriste, à condition qu'il vienne lui-même de tuer ou de blesser une ou plusieurs personnes et si on est sûr qu'il va continuer à tirer. En bref, le temps de penser à toutes ces conditions, on est mort.

Les policiers et les gendarmes exercent les mêmes missions dans des conditions et avec des difficultés similaires. Un récent rapport de l'Institut national des hautes études sur la sécurité et la justice (INHESJ) a donc préconisé l'alignement de la légitime défense applicable aux policiers sur celle applicable aux gendarmes. C'est entre autres l'objet du projet de loi C26 présenté par le ministre de l'Intérieur, examiné en Conseil des ministres le 21 décembre 2016 et débattu à l'Assemblée nationale fin janvier 2017, pour être finalement adopté le 16 février.

Mais c'est une fausse bonne mesure, parce qu'au fil du temps une jurisprudence de plus en plus restrictive a vidé de son sens l'article 2338-3 du code de la défense sur lequel se fonde la légitime défense applicable aux gendarmes. La chambre criminelle de la Cour de cassation considère que l'article 2 sur le droit à la vie de la Convention européenne des droits de l'homme prévaut sur les cas particuliers figurant dans le code de la défense. Cette jurisprudence s'appliquera donc pleinement aux policiers.

De fait, la nouvelle mouture de la légitime défense a manifestement cherché à ménager la chèvre et le chou, à répondre aux aspirations de policiers de plus en plus confrontés à des menaces mortelles tout en rassurant les cassandres qui crient au permis de tuer. En ont résulté des dispositions qui, sur le terrain, sont pour nombre d'entre elles parfaitement inapplicables ou génératrices d'inefficacité et de dangerosité. Chargés de la diffusion de cette nouvelle doctrine de légitime défense, les personnels de la formation de la police nationale s'arrachent les cheveux ! Autre disposition nouvelle, plus symbolique qu'efficiente : l'alignement des peines pour outrage à agent de la force publique sur celles pour outrage à magistrat, jusqu'alors plus lourdes. Forts de l'expérience des policiers qui les composent, des collectifs de policiers en colère, au sein de l'Union des policiers nationaux indépendants, ont travaillé à rédiger des propositions concrètes qui ont été transmises aux parlementaires.

Enfin, il apparaît nécessaire que le policier, que la loi se doit de protéger dans l'exercice de ses fonctions, bénéficie d'une « présomption de légitime défense » et, pourquoi pas, que soient créées des juridictions particulières statuant sur ces affaires.

L'alourdissement de la procédure pénale

Fondée sur l'*habeas corpus*, la procédure pénale anglo-saxonne est une procédure orale, de type accusatoire : la justice y est publique, orale et contradictoire.

A contrario, la procédure pénale française est, schématiquement, scindée en deux phases : la phase d'enquête est inspirée de la procédure inquisitoire ; la procédure est écrite et non contradictoire ou peu. La phase de jugement se rattache plutôt au modèle accusatoire avec des audiences publiques, des débats oraux et des échanges contradictoires entre les parties.

C'est évidemment la phase d'enquête qui concerne les policiers enquêteurs, sous l'autorité du procureur de la République ou d'un juge d'instruction. Et dans cette phase d'enquête, ce sont les différentes réformes de la garde à vue qui impactent le plus fortement le travail de ces enquêteurs.

Officiellement, c'est la transposition en droit français du droit européen qui a amené les différentes réformes de la garde à vue, mais dans les faits on constate que les dernières dispositions applicables vont au-delà du droit européen.

S'il n'est pas hostile, *a priori*, à ce que les mis en cause bénéficient de l'assistance d'un avocat, le policier enquêteur voit avec consternation se multiplier les « droits » accordés aux mis en cause, sans réelle compensation pour les victimes, le dernier en date étant celui de s'entretenir avec la personne de son choix pendant une demi-heure. De même les différentes mesures impliquant l'avocat dans la plupart des actes d'enquête et lui donnant accès à l'ensemble du dossier rapprochent de plus en plus notre procédure pénale du droit anglo-saxon, avec l'omniprésence de l'avocat, sans accorder aux enquêteurs les facilités de ce même système.

La coupe est pleine. Combinée à l'utilisation d'un logiciel de rédaction de procédure souvent défaillant et qui peine à se mettre à jour, la multiplication des droits, des avis, des procès-verbaux à rédiger dans un temps limité, fait de la mesure de garde à vue une course contre la montre, multiplie les risques de vice de procédure et au final impacte lourdement l'enquête au seul bénéfice des mis en cause.

La sécurisation des policiers, victimes et témoins : vers l'anonymisation des procédures ?

Prévue dans les nouvelles dispositions de la garde à vue, la communication à l'avocat de l'ensemble des pièces d'un dossier pose l'épineux problème de la protection des victimes, des témoins et éventuellement des policiers enquêteurs.

D'aucuns diront que, lorsqu'un dossier fait l'objet d'une instruction, l'avocat du mis en examen a déjà accès aux différentes pièces du dossier. Mais l'instruction a lieu la plupart du temps après des enquêtes préliminaires ou de flagrant délit où les situations ont été « figées » sinon apaisées.

Les tensions exacerbées entre les parties auxquelles sont confrontés tous les jours les enquêteurs laissent fortement craindre pour la sécurité des victimes et des témoins et pour l'objectivité des témoignages.

Le système de déposition sous X existe déjà, mais il est complexe et soumis à de multiples conditions. Des mesures garantissant la sécurité des parties doivent être étudiées, et l'anonymisation des procédures peut en être une.

L'un des volets du projet de loi présenté le 21 décembre au Conseil des ministres prévoyait aussi un élargissement des conditions d'identification par le seul numéro de matricule dans les procédures pénales. Sous réserve des modalités d'application, ce pourrait être une avancée importante dans la « sécurisation » des procédures. Malheureusement, la loi votée le 16 février a réservé cette mesure aux seules unités luttant contre le terrorisme.

La réponse pénale

C'est de bonne guerre, et depuis toujours : tout policier interpellateur, tout enquêteur et, *a fortiori*, tout policier victime, aura naturellement tendance à estimer trop légère la réponse pénale accordée aux affaires qu'il commence, qu'il traite ou dans lesquelles il est victime. *A contrario*, il jugera souvent trop sévères les sanctions qui lui sont appliquées s'il est mis en cause.

Pareillement, même s'il n'est pas insensible aux mesures préventives et sociales, le policier aura naturellement tendance à penser que, tant qu'il est écarté de la société, un mis en cause ne sera plus un danger pour ses concitoyens.

Cette frustration est d'autant plus forte lorsqu'il s'agit d'affaires dans lesquelles des policiers ont été blessés ou tués.

Pour autant, vouloir opposer systématiquement les policiers et les magistrats relève du non-sens et de l'ignorance du fonctionnement et des difficultés du système judiciaire.

Le laxisme dont sont volontiers taxés les magistrats est vigoureusement combattu par le ministère de la Justice qui indique que, dans les affaires ou un auteur est identifié, le taux de réponse pénale est de 87,8 % (93,2 % pour les mineurs) et que 50 % des peines prononcées par une juridiction pénale sont des peines d'emprisonnement, avec ou sans sursis.

Si les magistrats du parquet sont soumis à l'autorité de leur hiérarchie et agissent conformément aux instructions et circulaires dont ils sont destinataires, les magistrats du siège voient leur indépendance garantie par la Constitution. C'est la fameuse séparation des pouvoirs.

Beaucoup pensent que les sanctions prévues par le Code pénal sont suffisantes. Or si le Code pénal prévoit les peines applicables aux infractions commises, il n'indique en fait que la peine maximale possible. Dire par exemple que le vol (la soustraction frauduleuse du bien d'autrui), réprimé par l'article 311-3 du Code pénal, est puni de trois ans d'emprisonnement et de 45 000 euros d'amende n'a pas grand sens, il conviendrait mieux de dire qu'il est punissable de trois ans d'emprisonnement.

Car le juge détermine les peines et leurs modalités d'exécution, dans les limites imposées par la loi, en fonction de la gravité des faits et de la situation du mis en cause. C'est ce qu'on appelle l'individualisation de la peine. Dans ce cadre, le juge est souverain et son indépendance est l'un des piliers de la démocratie.

Mais le juge doit également tenir compte d'importantes contraintes qu'il ne maîtrise pas. Il doit notamment tenir compte d'une surpopulation carcérale qui conduit le système pénitentiaire au bord de l'explosion. Au 1er janvier 2016, 76 601 personnes étaient écrouées pour 58 561 places théoriquement disponibles. C'est pourquoi toute une batterie de mesures alternatives a été mise en place, qui peuvent ne répondre que partiellement aux attentes des citoyens et de leur police.

Pour réduire les délais de jugement, les magistrats doivent aussi « jongler » avec les audiences disponibles, et il n'est ainsi pas rare de voir une infraction requalifiée pour être audiencée en « juge unique » plutôt qu'en juridiction collégiale, ou une affaire dirigée faute de mieux vers une solution alternative aux poursuites.

Pour autant, cette indépendance des juges peut être limitée dans la loi, du moins en ce qui concerne la latitude laissée aux juridictions pénales sur la sanction. C'est le principe des peines planchers.

Conçues comme un outil de lutte contre la récidive et instaurées par la loi du 10 août 2007, les peines planchers prévoyaient des peines minimales applicables aux récidivistes. Elles laissaient cependant au juge l'opportunité de prononcer des peines plus légères en fonction de circonstances exceptionnelles devant être motivées. Très critiquées, se heurtant en certains points à la Convention européenne des droits de l'homme, elles étaient abrogées en 2014.

Néanmoins, modernisées, elles restent une piste intéressante pour l'amélioration de la réponse pénale, notamment pour les violences faites aux personnes dépositaires de l'autorité publique. Quant à l'augmentation sensible du nombre de places carcérales, qui semble nécessaire, elle relève essentiellement d'une décision politique tenant compte à la fois des besoins, des contraintes budgétaires et de la politique pénale qu'on entend mener.

Le cas particulier des mineurs

L'ordonnance du 2 février 1945 relative à l'enfance délinquante définit et encadre la justice applicable aux mineurs. Réformée de nombreuses fois, elle définit clairement la primauté de l'éducatif sur le répressif.

Ainsi, si le taux de réponse pénale est de 94 %, seules 20 % des affaires traitées débouchent sur des sanctions pénales, le reste se répartissant en mesure de réparation, mesures éducatives, rappels à la loi.

Aux yeux de beaucoup, y compris de magistrats, la législation appliquée aux mineurs peine à s'adapter aux comportements actuels des délinquants mineurs. Elle est notamment complètement dépassée en matière de délinquance organisée de mineurs étrangers.

Nombre de mineurs cumulent les délits et les gardes à vue, sans que le système judiciaire parvienne à mettre en place des mesures prévenant leur récidive. Ils en retirent un sentiment d'impunité qu'ils n'hésitent pas à exprimer haut et fort, au grand dam des policiers lassés de voir leurs efforts suivis de peu d'effets.

La primauté de l'éducatif sur le répressif et la nécessité pour le juge de statuer non seulement sur la culpabilité mais aussi sur la personnalité du mineur, qui allonge considérablement les délais de décision pénale, alimentent le sentiment d'impunité chez les mineurs mis en cause.

En 2008, sur demande de Mme Rachida Dati, garde des Sceaux, une commission présidée par André Varinard proposait un ensemble de soixante-dix mesures visant à moderniser et à rendre plus lisible la politique pénale concernant les mineurs. Jugées trop mièvres pour certains, trop répressives pour beaucoup, probablement trop coûteuses également, ces propositions sont longtemps restées lettres mortes.

Là encore, les solutions à mettre en œuvre ne sont pas simples, tant il y a de critères à prendre en compte, et tant les places en foyer fermé sont limitées et coûteuses. Mais la délinquance des mineurs a un poids considérable sur nos concitoyens et son traitement mériterait une profonde mise à jour.

Avancement et carrière

La problématique de l'avancement, des mutations et du déroulement de carrière dans la police nationale est extrêmement complexe et les revendications sont multiples. Elle est particulièrement prégnante dans le corps d'encadrement et d'application dont seulement 37 % des membres se déclarent satisfaits, quand le taux de satisfaction atteint 83 % chez les commissaires et 56 % chez les officiers.

Initiée par le protocole du 17 juin 2004, complétée par les protocoles additionnels de 2007 et de 2008, la réforme des corps et carrières a permis d'indéniables avancées dans le déroulement de carrière de nombreux policiers du CEA. Ainsi, la proportion de gradés dans ce corps est passée de 16,5 % en 2004 à 46 % en 2012, alors que dans le même temps le nombre d'officiers est passé de 15 000 à 9 000 et celui des commissaires de 2 030 à 1 600.

L'idée était de faire d'une pierre deux coups : satisfaire les demandes légitimes du CEA en matière d'avancement, et remplacer un certain nombre d'officiers par des gradés pour minimiser l'augmentation de la masse salariale. Cette réforme a pourtant eu un coût estimé à 503 millions d'euros pour la seule police nationale.

Mais l'augmentation sensible du nombre de gradés a bousculé la pyramide hiérarchique, au point qu'on assiste désormais à une situation d'engorgement qui, combinée aux restrictions budgétaires, altère fortement les perspectives d'avancement.

Dans la police, les taux de promotion dans le corps des gradés et gardiens ont été divisés au moins par deux en 2013. La baisse a même atteint 61 % pour le grade de brigadier. Ces perspectives réduites sont d'autant plus problématiques que près de 30 % des gardiens de la paix disposent des qualifications nécessaires pour prétendre au grade de brigadier.

C'est l'un des problèmes le plus souvent cités : le délai de passage de grade après examen, qui peut atteindre des années, est réellement l'un des points d'achoppement du déroulement de carrière des policiers du corps d'encadrement et d'application. C'est en tout cas l'un de ceux qui, les témoignages que nous avons pu recevoir en attestent, occasionnent le plus de ressentiment envers l'administration, jugée déloyale.

Autre point noir, celui des mutations, dont les conditions d'obtention sont globalement jugées opaques et par trop soumises au bon vouloir des organisations syndicales et donc au copinage et autres tractations avec l'administration, à tort ou à raison. Il n'est pas aisé, dans le système actuel, de savoir selon quels réels critères une mutation a été accordée à l'un plutôt qu'à l'autre, et ce manque de transparence ne peut qu'entretenir la défiance.

Un système d'attribution de « points », établi selon des critères objectifs clairement définis, et des listes d'avancement publiques aisément consultables constitueraient une avancée considérable dans la gestion de ces demandes.

Amélioration du système : des mesures existantes

On l'a vu, le malaise au sein de la police nationale ne date pas d'hier. L'administration en a conscience et, même si, rappelons-le, ce livret n'a pas vocation à être exhaustif, il serait déloyal de le conclure sans évoquer certaines des mesures mises en place pour tenter d'y répondre. Toujours est-il que ces efforts, pour l'essentiel passés inaperçus chez les policiers, n'ont pas produit leur effet, la « grogne » actuelle en témoignant.

Le médiateur de la police nationale

Le médiateur de la police nationale a été créé par décret du 20 décembre 2012 pour une mise en place le 1er janvier 2013. La mission en a été confiée à M. Frédéric Lauze, inspecteur général des services actifs de la police nationale, assisté de M. Philippe Buchin, magistrat des juridictions administratives, qui s'appuient sur un réseau de délégués du médiateur répartis dans chaque SGAP[1].

Ses missions consistent à apporter aux agents les explications leur permettant de mieux comprendre des décisions les concernant, le cas échéant saisir l'administration pour qu'elle révise sa décision, et informer cette même administration d'un texte devenu inadapté ou sujet à interprétation.

Dans l'introduction de son rapport 2015, le médiateur affirme sa conviction que « les fonctionnaires de police ont besoin d'être soutenus » et qu'il est « plus que jamais nécessaire de renforcer la cohésion interne de la police nationale ». Il indique également que « le recours à la voie contentieuse, bien trop fréquent, est le constat d'un échec et ne permet en rien de régler les difficultés soulevées dans le cadre des conflits au travail entre les personnels et leur hiérarchie ou l'administration ».

Il constate également que « les policiers paient cher le prix de leur implication croissante en termes de stress, de fatigue, d'heures supplémentaires, de report ou d'annulation de repos, de blessés et, malheureusement, de morts en service ».

Stable en 2013 et 2014 (respectivement 477 et 466 saisines), le nombre de saisines a explosé en 2015 (577). Les saisines du personnel du CEA sont les plus élevées (93,7 %), quand celles des officiers représentent 6,2 % et celles des commissaires 1,3 %. Là encore, c'est révélateur du malaise du « policier de base », même si cela doit être relativisé par le fait que le CEA est significativement plus nombreux que les deux autres corps et plus exposé à des

1. Secrétariat général pour l'administration de la police. (N.d.A.)

décisions hiérarchiques qu'il peut estimer illicites ou injustes.

Les litiges qui lui sont soumis sont jusqu'ici essentiellement du domaine indemnitaire (36,5 %), des mutations (30,5 %) ou de l'avancement (11 %). Mais pour 2015, il est frappant que les problématiques nouvelles qu'il relève recoupent pour partie celles dénoncées par les policiers. De fait, en 2015, le médiateur a notamment été confronté aux thématiques particulières de l'avancement au grade de brigadier, de la complexité et l'ambiguïté de l'évaluation, de l'utilisation parfois inadaptée des sanctions du 1er groupe et du déficit de valorisation de l'expérience des policiers.

Le travail du médiateur est unanimement salué. Cependant, même si son indépendance semble être respectée par l'administration, ses avis sont peu suivis par cette dernière (27 % en 2015), *a contrario* du médiateur des militaires (98 %) ou de l'Éducation nationale (80 %). Pire, selon le médiateur, dans bien des cas, pour les saisines liées à l'avancement et aux mutations, elle refuse de revenir sur des décisions prises en violation flagrante des dispositions en vigueur.

Enfin, son domaine d'action et les moyens qui lui sont attribués ne lui permettent d'agir que sur des cas particuliers et non sur les problèmes globaux dénoncés par les policiers. Conforter le rôle du médiateur et élargir son champ de compétence pourrait accentuer son efficacité.

Les comités d'hygiène, de sécurité et des conditions de travail

Créés par un décret du 28 mai 1982, modifié et renforcé par des décrets du 28 juin 2011 et du 28 septembre 2014, les CHSCT ont pour mission de traiter notamment de l'organisation du travail, de son environnement physique, de l'aménagement et de l'entretien des lieux de travail, de l'analyse des risques professionnels et de la protection des agents, et de la mise en œuvre des dispositions légales concernant l'hygiène et la sécurité.

Présidés par le DGPN (central) ou par les préfets départementaux, ces CHSCT sont composés de représentants de l'administration, de représentants du personnel, ayant voix délibérative, du médecin de prévention, des assistants et conseillers de prévention (AP/CP), et de l'inspecteur santé et sécurité au travail. Ayant à connaître de l'observation des prescriptions législatives et réglementaires en matière de santé et sécurité au travail, des méthodes et techniques de travail et des choix des équipements, des projets d'aménagement, de construction et d'entretien des bâtiments, des mesures prises en vue de faciliter l'adaptation des postes de travail aux personnes en situation de handicap et aux femmes enceintes, et des enquêtes menées en cas d'accidents du travail ou de service et les maladies professionnelles, ils sont consultés sur les programmes de la formation à la sécurité, sur le rapport annuel du médecin de la prévention, sur le programme annuel de prévention. Ils sont également informés des travaux de l'inspecteur santé et sécurité au travail (ISST).

Dans les faits, leur fonctionnement est extrêmement complexe, leurs actions peu concrètes aux yeux de la plupart des policiers, et les divergences entre syndicats qui y siègent nuisent à leur efficacité.

Table

III
POLICIER, MISSION IMPOSSIBLE ?

IV
EXPLOSION DE COLÈRE

ANNEXES

Composition et mise en pages
Nord Compo à Villeneuve-d'Ascq

CET OUVRAGE
A ÉTÉ ACHEVÉ D'IMPRIMER
SUR ROTO-PAGE
PAR L'IMPRIMERIE FLOCH
À MAYENNE EN OCTOBRE 2017

N° d'édition : L.01EBNN000531.N001. N° d'impression : 91676.
Dépôt légal : novembre 2017.
Imprimé en France

